人生に無駄はない

私のスピリチュアル・ライフ

江原啓之

新潮社

私の日常

スピリチュアリズムとともに生きる

数多くの相談を受けてきたカウンセリングルームにて。壁にかかるのは、イギリスの霊媒、故コラル・ポルジ氏の手による筆者の母親の肖像画。コラル氏は霊視でとらえた故人の肖像画を描く「サイキック・ポートレイト」を得意とした

月に数回は通う美容院「ワッズ」。ヘアメイクの渡辺和代さんは姉のような存在

声楽の恩師、K先生のもとでコンサート前のレッスンに励む筆者

「江原啓之サポーターズクラブ」のサイトに載せる動画の収録風景

早くに死別した両親の墓前にて

墓石に刻んだ言葉にもスピリチュアリズムが生きている

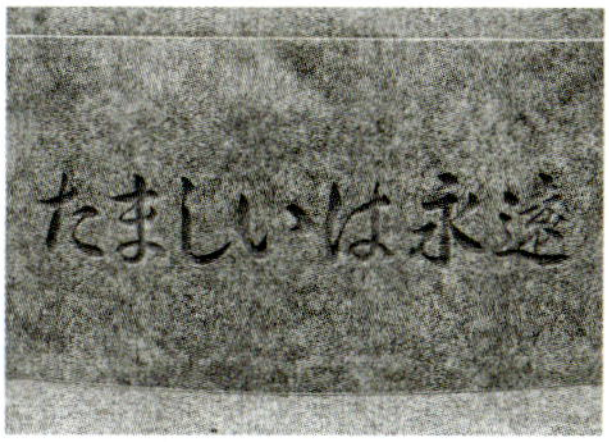

故人のたましいはお墓にいないが、それでもお墓は「面会所」として大切と語る筆者。多忙を極めつつも機会を見つけてお墓参りに訪れる

家庭では中学生と小学生の二人の息子を持つ、厳しくも優しい父親。「子どもを育てながら親になりました」

人生に無駄はない　私のスピリチュアル・ライフ　目次

理解ある医師たちとの出会い／医療従事者に発信したい／自分が幸せでないと人を幸せにできない／私にリタイアはありません

内観こそ人生——あとがきに代えて

人生に無駄はない　私のスピリチュアル・ライフ

二十周年の節目――まえがきに代えて

おかげさまで、スピリチュアル・カウンセラーとして、二十周年を迎えることになりました。私の生い立ち、スピリチュアル・カウンセラーとなるまでの経緯などは、これまでの私の著書でも度々ご紹介してまいりましたが、私の処女作『自分のための「霊学」のすすめ』（現『人はなぜ生まれ　いかに生きるのか』ハート出版）の冒頭にも記したように、私はごくごく普通の人間なのです。しかし、二〇〇〇年を境に私が世間から注目されるようになって以降、残念ながら私自身の霊的能力ばかりがクローズアップされてしまっているように思います。

現世の一般常識からすると、なかなか理解されづらい世界であることも承知しています。ですからある程度は仕方のないことなのかもしれませんが、世間では、霊能を魔法のごとく理解されがちな一面があることも否めません。

したがって、霊能力者は聖人君子のような人物像、または浮世離れしている存在でなければならないかのように受け取られてしまっているように思えるのです。それゆえに、「私はごく普通の人間である」とお伝えしていても、私の真意が届かない方々には、ごく普通に生きる人間としての私の生き様を疑問視されたりもいたしました。

「霊能がありながら、どうして苦労するのか？」「守護霊が教えてくれるなら、何も苦労する必要がないはずだ」などという疑問を呈されたのも一度や二度ではありません。霊能が表面的にばかり受け取られ、なかなか私の伝えようとする、生きることの真理・スピリチュアリズムが伝わりにくく、もどかしい思いでいっぱいでした。

私自身、霊能力というものは現世では特殊な技能だとは思いますが、それ以上のことでも、それ以下のことでもないと思っています。たとえば人並み以上に運動神経が良い方、手先の器用な方がいます。それと同じで、霊能力というものも、ひとつの個性と受け止めているのです。みな同じ人間であることに違いはないのです。霊能力という技能主体で生きてきたのではなく、あくまでも、私という人生の上に技能があるのだと認識しているのです。

では人生とはなにか？

「それは旅と同じです」とこの二十年の間、スピリチュアリズムの思想から、みなさんにお伝えしてまいりました。

「たましいのふるさとから、この現世に旅に来て、そしてやがて迎える死も、ふるさとへの里帰りに過ぎない。そして人生の名所とは経験と感動である」と、そう一貫してお話ししてきたのです。

人は誰しも、経験と感動を通して心を成長させるために、人生という旅をしに生まれてきました。

喜びも、悲しみも、すべては光と闇。喜びを知るために悲しみがあり、さまざまな喜怒哀楽という感動こそが、人のやさしさと愛を育《はぐく》むことになるのです。

ですから、生きとし生ける誰もが、この目的のために生まれてきたのであって、特別な人など存在しないのです。また逆をいえば、すべての人が、より高い人格を目指す特別な人とも言えるかもしれません。

私はこれまでの人生の中で一度だけ、未熟ながら自らの守護霊に助言を求めたことがありました。

「この苦境を乗り越えるために、道を示してください」と。

しかし、返事は「それではぬしの人生ではなくなる」ということでした。

守護霊は、私たちを見守っている霊的存在ですが、わがままを叶えてくれる魔法使いではありません。ですから、たとえ私が霊能力を有していたとしても、私の人生もまた、経験と感動のためにあるのですから、守護霊からの必要以上の干渉は一切ないわけです。

このような経緯の中で私が目覚めたことは、人間は霊的世界の操り人形ではないということ。そして、人生という旅のなかで、その名所である経験と感動を味わい尽くして有意義に生きることが大切であるということなのです。

このような「生きることの真理」こそ霊的真理であり、スピリチュアリズムであるのです。

私はこれまで、生きることの意味に悩む多くの人々に向けて、スピリチュアリズムを伝えるべく努力してきました。また、日常で実践するためにより理解しやすく定義した霊的真理「八つの法則」をもとに、人生の人事百般をアドバイスしてきたのです（「八つの法則」については新潮社の『スピリチュアルな人生に目覚めるために』を参照してください）。

しかし、ともすればスピリチュアリズムはストイックなものと受け取られ、なかなか実践することは難しいと思われがちなことも事実です。

ですが、それが生きることの真理である以上、本当の幸せを実感できる人生にするためには、真理を受け容れることこそ必要です。「良薬口に苦し」という言葉がありますが、たとえ苦くても受け容れることが大切だと確信しているのです。

この二十周年を機に私が本書を書いた理由。それは、霊的真理を知り伝える私もみなさん同様、この現世に経験と感動を得るために生まれ、より成長しようとしている存在であることをみなさんにお伝えしたかったからです。本書では、私自身の未熟さをも隠すことなく記しました。しかし、それは「私のことを知ってほしい」という思いからではありません。「自分語りなど聞きたくない」と思われる方も多いでしょう。

ただ、本書はそのような自伝ではありません。むしろひとつのサンプルです。それがみなさんの教材となるならば、二十周年の謝恩となると考えたのです。

未熟な一人間・江原啓之の人生がみなさんの人生の参考となり、同じ時を生きることへの勇気となれば、幸いです。

第一章　人にもまれて育ちました

「愚者の道」を歩み来て

私のこれまでの人生をふり返ると、それはひとことで言って「愚者の道」でした。

「賢者は歴史に学び、愚者は経験に学ぶ」という言葉があります。

賢者は先人たちが踏んだ道から人生の真理を悟ることができる。しかし愚者にはそれができず、自分自身が身をもって一つひとつ経験し、そこで得る感動をもとに学ぶという方法でしか人生の真理に到達しえない。そういった意味の言葉です。

私はまさに「経験から学ぶ」道を歩んできました。まず四歳で父親、十五歳で母親との死別を経験しています。そのため私には、いわば「放牧」されて育ってきたようなところがあります。要するに十代という若さで親の庇護を完全に失い、世間の荒波に放り込まれて、そのなかでもみくちゃにされながら大人になったのです。

私の人生がもっとも波瀾万丈をきわめたのは、母を亡くした十五歳からスピリチュアル・

カウンセラーとして歩み始めた二十四歳ごろまでです。十八歳から二十歳がまさにピークでした。

そのあいだ、ふつうの人がなかなか味わわないことを数えきれないほど経験しました。ぞんざいに扱われたことや、だまされたこともありました。人の真心やあたたかさも知りました。その両極端を上下するジェットコースターに揺さぶられながら、ひたすら経験から学びを積む「愚者の道」を生きてきたのです。日本的な言いかたをすれば、「たたき上げ」の半生と言えるかもしれません。

四十をすぎたいまふり返ってみて、自分のそんな過去がいやだったとは思いません。これも私のたましいが選択した生きかた。だから、「私のたましいは体験主義なんだなあ」と、つくづく思うのみです。

若いときに出会った心霊の道の師匠のひとりは、「あなたは神様にかわいがられているね」と言ってくださいました。「波瀾万丈をきわめた人生であるほど、たましいは大きく成長できる」というスピリチュアルな人生観に立てば、たしかにそのとおりなのかもしれません。とてもありがたいことです。

しかし苦しみの真っ只中にいた二十歳前は、とてもそうは考えられませんでした。まだ精神的に幼く、霊的真理に出会う前です。「なぜ自分ばかり」、「この世には神も仏もない」。いまはみなさんに人生のルールをお話しする私が、そのように嘆きながら暮らしていたのです。

わが家の長男はいま中学生です。あと数年もすれば、私が両親ともいない身になった年齢になります。最近、この子がいま両親ともなくしたとしたら、いったいどうやって人生を学んでいくんだろうと想像してみることがあります。そして、「ああ、これではやっぱりいろいろな壁にぶつかって、もみくちゃにされて、傷つきながら一人前の大人になっていくしかないのだろうな」と、過去の自分自身をオーバーラップさせながら思うのです。

いま、敢えて「傷つきながら」と書きましたが、霊的視点で見れば、傷つくのは自分のエゴだけで、たましいは決して傷つきません。人はさまざまな障害にぶつかったとき、特に若いころは「傷ついた」、「傷つけられた」という被害妄想を抱くものですが、たましいの視点から見れば、傷つくのではなく「磨かれる」のです。

原石をきれいな玉に磨き上げるためには、傷をつけなければなりません。たくさん傷ついた人生は、ぴかぴかに磨かれる人生なのです。

私はいつも「傷つくと思ってはいけません。すべての経験はたましいを磨いてくれます」とお話ししていますが、それは、自分自身の人生から導き出した確信なのです。

十代で世間の風にさらされる

私を磨いてくれたもの。それはなんと言っても人との出会いです。

そもそも人間は、人と磨き合うために生まれてきます。人との関係のなかでお互いのたましいを「切磋琢磨」し合うことが、人生最大にして永遠のテーマなのです。

人は誰でも生涯にたくさんの出会いを経験しますが、私は人一倍、出会いが多い人生を歩んでいると思います。それはこのような仕事をしているからではありません。たしかにスピリチュアル・カウンセラーとして、これまでに数千件の相談を受けてきましたし、ましてマスメディアに出たり講演で全国をめぐるようになった現在は、出会う人の数も桁違いに増えています。

しかし人との出会いが多いのは、それよりずっと前、十六歳でひとり暮らしを始めたときからでした。

両親亡きあと、たったひとりの肉親だった姉まで嫁いでいき、当時の私はなにもかも自分だけがたよりでした。たとえば区役所への手続きひとつも自分で行かなければいけません。ごみ当番を決める町会の集まりにも出なければいけません。電器屋さん、クリーニング屋さん、アパートの大家さん、隣近所のおじさんやおばさん。まだ世間知らずだった私が、一人前の人間として周囲の大人たちとつき合っていたのです。

ひとりで生きるとは、世間の風をすべてまともに受けるということなのだと思い知りました。なにがあっても誰にも代弁してもらえません。「未成年だから」と言って逃げることもできません。

暗中模索でした。私の母親は、世間のルールや常識をかなり熱心に教えてくれた人でしたが、それも他界するまでのこと。まだじゅうぶんに教わりきらないうちに、私はいきなり社会に放り出され、実体験を通して学ぶしかなくなったのです。

温情をかけてくれる人はたくさんいました。「まだ高校生なんだから、ごみ当番はいいよ」とやさしく気遣ってくれる近所のおばさんもいました。そうかと思うと、「親からいくら遺産をもらったんだい」などと下世話な詮索をしてくる人もいました。

「いまは大変だけど、まじめに生きていれば報われるよ」と、人生を指南してくれる人もいました。しかしそうした善意の言葉も私には腑《ふ》に落ちませんでした。

いったい誰に、どんなふうに「報われる」というのでしょう。そもそも「まじめ」とはなんなのか。いままでもまじめに生きてきたつもりなのに、なぜ両親を喪《うしな》わなければならなかったのか。それを納得のいくように教えてくれる大人はひとりもいませんでした。私の心のもやもやは増すばかりだったのです。

大人というのは、「まじめ」、「報われる」の定義もあいまいなまま、表面的な言葉の美しさに酔いしれて生きているのだなあというのがそのときの感想です。あいまいなまま語られる言葉は、相手の心を打つだけの「言霊《ことたま》」を持たないのです。

私はいまも「この人の言葉は心をともなっていないな」と感じることがあります。そういうシビアな洞察の原点を、私は十代のこの経験から得たのかもしれません。

人生を教えてくれた下町

私がいよいよ本格的な「放牧」状態に置かれたのは、ひとり暮らしを始めたときからですが、それ以前の幼少時から、すでに放牧育ちの傾向はあったように思います。それは家庭の事情というより、東京の下町という悲喜こもごもな人間模様が渦巻く土地で育ったからです。

いまでは高層マンションも立つその町は、私が子どもだった昭和四十年代にはまだ、近年ブームの「昭和三十年代」の雰囲気をそのまま残す庶民的な町でした。それなりにいい暮らしをしている人、教養の高い人もいましたが、複雑な事情のある家や、貧しい家も少なくありませんでした。

私たち家族が住んでいた下町は、まるで長屋暮らしさながらで、隣近所の家の内情までお互いに熟知しているような日常がありました。いまではそうしたムードを「古きよき下町情緒」と呼ぶようですが、実際の暮らしのなかでは、つらい現実を目にすることもしばしばでした。

障害のある弟の世話をしながら、朝夕の新聞配達をしている子。二DKに家族十六人が住み、押し入れのなかで寝ている子。母親が自殺した子。ある日忽然と姿を消した家族には「夜逃げしたんだね」という噂が飛び交いました。

近所のある友だちは、両親が四六時中けんかしているため、いつも家に帰りづらそうでした。その家からは、お湯の入ったポットが外まで飛んで来ることもありました。

そういう現実のドラマを日ごろから目の当たりにしていたので、私は子どもながらに人の痛みがわかるようになり、想像力も鍛えられたと思います。下町のほかの子どもたちもみんなそうだったでしょう。

そのためか、学校でも近所でもいじめというのはほとんどありませんでした。人としてほんとうの痛みを知ってしまった子は、いじめに走らないのだと思います。最近の子どもたちは、いじめる標的をわざわざ決め、理由もわざわざ作っていじめをしている感がありますが、世の中にはどうにもならない悲しい現実があるのだと知ってしまった子は、つらい境遇にいる子に対し、思いやりやいたわりの心しか湧かないのではないかと思います。

もちろん子どもですから、ふざけてからかい合うことはあります。でも、たとえば私のクラスには学校によくパンツをはかずに来る子がいましたが、それをからかう子はひとりもいませんでした。その子の母親がろくに家事をしない人だったため、「今日は洗濯ずみのパンツがないのだろう」と、みんなが想像できたからです。子どもであっても「これだけは絶対に言ってはいけない」という一線を心得ていたのです。

わが家も母子家庭でそれなりに苦労はあったものの、まわりの子どもたちに比べると自分はそれほど大変ではないと思っていました。母が「父親のいない子だからと思われないように」という一心で、私と姉を物心両面からしっかり支えてくれていたおかげだと思います。

また、母はとにかく太陽のように明るい人柄でした。私がつねづね「母親は一家の太陽であるべきです」とお話ししているのは、自分がそういう母親のもと、天真爛漫に育ってこられた幸せを知っているからです。

山の手文化へのカルチャーショック

その母が亡くなり、高校に入学した私は、初めて地元から離れた巣鴨という東京北部の町に通学するようになりました。

その高校の生徒たちは、さまざまな地域から通ってきていました。埼玉から来る生徒もいれば、東京西部の山の手から通う生徒もいました。山の手組には、のちに有名デザイナーとなるハイセンスな少年もいました。

入学当初に受けたカルチャーショックはいまでも忘れられません。このままでは登校拒否になってしまうかもしれないと思ったほどです。まわりの生徒のものの考えかた、言葉遣い、人間関係のありかたが、慣れ親しんだ下町のそれとあまりにも違っていたからです。

映画『男はつらいよ』シリーズの一作に、こんなシーンがあるそうです。

あるときいつものように寅さんがふらりと帰ってくると、車家の人々はメロンを食べていました。それを見て寅さんは「なんだい、おれの分ないのかい」と、へそを曲げてしまいます。

映画を観る人はここでたいてい笑います。「寅さんったら、メロンぐらいであんなにへそを曲げちゃって」と。

けれども下町では違います。誰も笑わないどころか、「そりゃひどいよ！」と、みんなが怒るのです。「ほんとだよ、寅の分もとり分けておくべきだ」と。お互いに助け合って生きていこうという連帯感が根っこにある下町の人たちは、「ひとりだけ食べられないなんてとんでもない」と義憤を感じるものなのです。

そういう下町の感覚が身にしみている私は、山の手育ちの生徒のちょっとした発言やふるまいの端々に感じるクールさに、なかなかなじむことができませんでした。

その後大学に進学した私は、キャンパスに通うために山の手を通る路線を使っていました。わが町を走る路線とは、乗客の雰囲気がまるで違っていて驚いたものです。

山の手を知ることで、私は初めて生まれ育った下町への愛を実感しました。人情あふれる下町で生まれ育ち、悲喜こもごものありとあらゆる人間模様を見つめてきたことは、カウンセリングや、人生の真理をお伝えしていくという仕事をするうえで、いまでもとても役に立っています。

現在私は仕事上の利便性も考えて、東京でも山の手のほうに住んでいますが、おかしなもので「自分はいま山の手にいるのだ」という意識はなかなか消えません。やはり心のベースは下町にあるのです。

苦労したわりに「おぼこ」な理由

テレビの仕事などでごいっしょさせていただいている人生の大先輩、美輪《みわ》明宏《あきひろ》さんは、私を評してよく「あなたはおぼこね」とおっしゃいます。「苦労しているわりにはお坊ちゃまなのよ」と。

「おぼこ」というのは、世間のことをよく知らず、世慣れていない人のこと。よく言えば素直ですれていない、悪く言えばお人好し、能天気といったところでしょうか。

自分でも、たしかにそれは否めないと思います。苦労したわりになぜ、すれることなくここまで来られたかを自分なりに分析すると、ひとつの理由として、私の負けず嫌いな性格があると思います。非行やひきこもりといったかたちで横道に逸れるよりは、「絶対に負けるもんか！」と、正面切って突き進んでいきたいほうなのです。

もうひとつのもっと重要な理由は、四十をすぎた私が言うのは気恥ずかしいですが、やはり私の心にはいまでも親との絆があるからです。死別したとは言え、私の心のなかで両親は生きているのです。

ですから私は、美輪さんの言葉は両親へのほめ言葉だと感じています。両親を早くに亡くして苦労したわりに「おぼこ」でいられるのは、育てられかたがよく、品性をきちんと持っていると受けとめられたからだと思うのです。十五年という短い期間でも、親から愛情をたっぷり注がれ、人として大事なことを教えてもらえたから、私はどんな目に遭っても卑屈になったり浅ましくなったりせずにいられたのでしょう。

日本には昔から「三つ子の魂百まで」という言葉があります。

私もまた、『江原啓之のスピリチュアル子育て』（三笠書房）などに、このような趣旨のことを書いています。

「わが子が十二歳から十五歳ぐらいになるまでに精いっぱいの愛情をこめて育てれば、その愛情は子どものたましいに『愛の電池』として蓄えられ、どんな荒波にもまれても強く生き抜いていける一生分のエネルギー源となります」

「親に心から愛されたという思いは、その子どもが生涯、自分を誇れるプライドになります。プライドを持つとは傲慢になることではありません。自分自身に注がれた愛に感謝する気持ちのことです。プライドを持てた子どもは自分自身を粗末に扱ったり、他人からの粗末な扱いに甘んじたりせず堂々と生きていけます」

これらは自分自身の経験からも確信していることなのです。

両親の死後、「みなしご」と言われてぞんざいに扱われるたび、私は自分を愛してくれた両親を想い、プライドを守り抜いてきました。

親の愛ほど大切なものはない

もしかすると親子の絆というものは、死別するとよけいに強まるのかもしれません。心に両親がいるからこそ、どんな目に遭っても「ばかにされるもんか」とがんばってきました。私がばかにされるということは、大好きな両親がばかにされることでもあると思ったからです。

特に母親から十五歳までに注がれた「愛の電池」は、いまの私の強力なエネルギー源です。

世の男性のご多分にもれず、正直なところ、私もマザコンなのです。

とは言っても、私は生前の母親とべったりいっしょにいられたわけではありません。父親が他界すると、母は子どもたちを養うために外で働き始めたので、私は小学校に上がるまで祖母のもとにあずけられました。母は姉とふたりで近所に住んでいたので週末はいっしょにすごせたものの、ほかの友だちに比べたら、母親に甘えられる時間は圧倒的に少なかったのです。

それでも母親の愛情をつねに感じながら育ってこられたのは、いっしょにいる時間にたっぷりの愛情を私たちきょうだいに注いでくれたからです。私がいつも「霊的な視点では、どれだけ多いかよりも、どれだけ『込めた』かが大事です」と言っているように、いっしょにいる時間の長さよりも、濃さのほうがずっと重要なのです。

いまの日本は「心の乱世」とも言うべき状況です。来る日も来る日も、耳を塞ぎたくなるほどショッキングなニュースが報じられています。人間たちが持つ心の闇が、一斉に噴き出しているように感じられる昨今です。

小中学生たちまでが、残酷な犯罪や卑劣ないじめに走っています。私にはその状況が、社会に「親の愛の大切さ」を訴えかけているように思えるのです。

日本のように無宗教の人が多く、倫理観も希薄になってしまった国において、子どもが悪の道に走りそうになった際になにが一番のストッパーになるかと言えば、やはり自分を心から愛してくれる親の存在ではないでしょうか。「これをしてしまったら親が悲しむ」、「親の愛を裏切ってはいけない」という思いが、悪事を働くことを土壇場で思いとどまらせるのではないでしょうか。

「親はなくとも子は育つ」というのは一面では真理ですが、やはり子どもにとって親の愛は絶対に欠かせないものなのです。

もちろん世の中には親のない人もいます。その場合は、親に代わる誰かの愛があればいいのです。おじやおば、養父母でもいい。血のつながりはなくても、昔から「産みの親より育ての親」という言葉があるように、現世で親子同然の絆を結ぶ相手とは、深い霊的な縁があるのです。

あるいは学校の先生などが、文字どおり「親身」になってくれることもあるでしょう。結婚した夫や妻が、親のような愛情をくれることもあるでしょう。要は自分自身を真剣に愛してくれる人との出会いを大事にあたためられればいいのです。

誰かに心から愛されているという実感ほど、人間を強くさせるものはないのです。

恩師に恵まれ続けて

人生はなにごとも努力で切り開いていくものですが、私の人生のなかで、これだけは自分の努力の成果だけではなさそうだな、と思うことがあります。それは、つねにいい先生に恵まれてきたということです。

私はもともとどんなことにも努力を惜しまないたちですし、いい先生を求める気持ちも人一倍強いほうかもしれません。けれど、出会えた先生たちのすばらしさは、それ以上だったと思うのです。

両親と早く死別しただけに、いい先生たちとの出会いは、両親とはまた違うかたちで人間としての私の成長を支えてくれました。

小学校の先生は、母子家庭に育つ私をあたたかく見守ってくれました。

中学校の先生も、母親と死別した私をやさしく励ましてくれました。

中学では、高校進学を考える時期に、美術の道に進むことを決心させてくれた先生との出会いもありました。

親類には教師が多かったこともあり、母は私にも教職に就くことを望んでいました。けれども母が亡くなり、大学進学は諦めざるを得ないだろうと考えたときに、改めて自分の将来を見つめました。両親の死から、私は「人間はいつ死ぬかわからない。心からやりたいことをやらなければ、せっかくの人生がもったいない」と考えるようにもなっていました。

そこで浮上してきたのが、前々から心の片隅にあったデザイン系の仕事に対する憧れです。その道に的を絞るなら、漠然と高校の普通科に行く意味はない。美術系の学科のある高校に進学したい。そう思いました。

しかし私は美術の成績が特別よかったわけではありません。果たして美術系の学科を受験していいものかと悩み、美術の先生に手紙を書きました。

するると先生は、「江原君、うまい絵よりも、味のある絵のほうが大事ですよ。私はあなたの美術の受験に大賛成です」という返事を書いてくれたのです。先生はそのとき産休に入っていたので、「私は直接指導してあげられないけれど、美術室に石膏像があるから、それを使ってデッサンの練習をしなさい」など、受験勉強への細かいアドバイスも綴られていました。

この手紙を励みにして、私は美術系の高校に進学したのです。幸いなことに三年後には大学にも進学でき、やはり美術系の学部を選びました。

あのときもしも高校の普通科に進んでいたら、また違った人生になっていたはずです。ここにもひとつの人生の岐路があったのでしょう。

高校の担任の先生もすばらしい人で、ひとり暮らしをしていた私をつねに気遣ってくれていました。三者面談のときは、私の親友の親御さんに、「江原は両親を亡くしてひとりで生きていますので、どうかよくしてやってください」と、それは熱心に頼んでくれたと聞いています。

私に対してはしょっちゅう「おまえはみなしごだからな」などと軽口を言う先生でした。それでも陰ながら本物の愛情を向けてくれていることがよくわかっていたので、みなしごという言葉さえ愛嬌になっていました。言霊とは面白いものです。

大学に進学後は、能力、人格ともにすぐれたふたりの霊能の先生に出会い、私がこの道に入ることを決定づけました。ただし、ふたりにはすんなり出会えたわけではありません。

『スピリチュアルな人生に目覚めるために』（新潮社）で詳述しているように、二十人近い霊能力者を訪ね歩いたのちにようやく出会えたのです。

そのとき私は、霊能の道に進みたくて霊能力者を探していたわけではありません。心霊現象の嵐に喘ぐ毎日から一刻も早く救い出してくれる人に会いたかっただけです。幼少時から霊媒《れいばい》体質ではあったものの、ごくふつうの少年として育ってきました。心霊現象の意味や対処法を知るはずもなく、単にテレビの影響で「きっとなにか悪いものがとりついているのかもしれない。霊能力者に除霊してもらおう」と短絡的に考えていたのでした。

しかし私が訪ねた霊能力者たちの多くはいかがわしい人ばかりでした。どの人も十分やそこらの面会時間で「先祖供養が足りない」などと当たり障りのないことを言っては高額のお金を要求するだけ。

お金も尽きかけて、この人で最後かというタイミングで、T先生という現在の私の活動の基礎を作ってくれた恩師に出会えたことはほんとうに幸いでした。

T先生に出会えなければ、いまの私はいないと断言できます。その後出会ったS先生もすばらしい霊能力者で、その後イギリスへスピリチュアリズムを学びに行ったのも、ふたりの先生の勧めでした。ふたりは異口同音に、「これからの霊能力者は拝み屋で終わってはいけない。アカデミックに心霊の世界を人々に説けるよう、スピリチュアリズムをしっかりと学びなさい」と強く勧めてくれたのです。

遠まわりの末のよき出会い

声楽の恩師にも恵まれました。とは言え、霊能の師匠と同様、遠まわりの末の出会いでした。

私がはじめに歌の道を志したのは十八歳のとき。そのときに門を叩いたテノールの先生は、「あなたの声では脇役にしかなれない。レッスンしても無駄ですよ」と、にべもなく言いました。また、声楽というのはなにかとお金がかかる世界でもあります。その先生は、親もなくアルバイトで生計を立てていた私に「江原君、お金も才能のうちですよ」とも言いました。

自分には歌にふさわしい声がない。お金もないから続けられない。私はすっかり落胆して、歌の道を一度は泣く泣くあきらめたのでした。

それから歳月は流れ、スピリチュアル・カウンセラーとしての道を歩み始めた私は、私生活では結婚して子どもも生まれました。声楽の道をあきらめても、歌はいつも安らぎと励ましを与えてくれていました。

息子が三歳になると、音楽教室に通わせ始めました。プロの音楽家にならなくてもいいけれど、音楽を人生の友に持つのはとてもいいことだと思ったからです。

ところが息子は、通うのはいやだと言います。じゃあ私もいっしょに行くからと説得し、親子で通うようになりました。親のエゴで通わせるのは押しつけになります。ですから、自分も一緒に通って楽しさを教えようと思ったのです。そのうちに私のほうが熱心になり、その音楽教室ではもの足りないと思うまでになりました。

ちょうどそのころ昔からの知人が、自分が師事する声楽の先生のところへ行かないかと誘ってくれました。過去のトラウマがあったので、どうせお金持ちの世界だし、いまさらまたいやな思いをしたくないと、はじめはまったく気が進みませんでした。それでもその知人は数年がかりで私を誘い続けてくれ、ついにはその先生のもとに歌を聞いてもらいに行くことになりました。

「プロの先生に一度だけでも私の歌を聞いてもらえれば本望」ぐらいの気持ちでしたが、思いがけず、その後もずっとレッスンしていただけることになりました。それがいまも指導してくださっているK先生です。

K先生は私に「もっと勉強すれば伸びる」、「音大という環境に一度身を置いてみるのもいい」と、社会人コースへの入学を勧めてくれました。その時点で私はすでに三十代。仕事も忙しく、妻子を養わなければならない立場にいましたが、心は大きく揺れました。人生に悔いを残したくはありません。いまこそがチャンスなのかもしれないと思った私は、受験を決意し、とうとう宿願の声楽を本格的に学べることになりました。

あのときK先生に出会っていなければ、「スピリチュアル・ヴォイス」などのステージで歌うことも、ＣＤデビューもあり得なかったでしょう。

先生は初めて私に会ったとき、「この人は歌がほんとうに好きな人だ」と思ったそうです。K先生は、ソプラノ歌手・佐藤美枝子さんをはじめ一流のプロを育てられた方ですが、技術だけでなく、「歌が好きかどうか」というところをみて指導して下さる方です。だから私を生徒としてとったと、あとになって話してくれました。私の歌に対するひたむきさが先生の心を動かしたのかもしれません。

出会う人の幅は自分自身の幅

人との出会いはつねに「波長の法則」の結果であり、みずからの波長が引きよせています。たとえば現在あなたをとりまく人たちは、どの人もあなた自身の映し鏡で、あなたとまったく波長の同じ人たちなのです。

私がそうお話しすると、こんな疑問を持つ人がいます。「私のまわりにはすばらしい人格者もいますが、ひどい性格の人もいます。どちらも私の波長が引きよせているなら、いったい私はどういう波長をしているのでしょう」と。もっともな疑問です。

出会う相手の人格に幅があるのは、誰にでもあることです。なぜなら、ひとりの人間の波長にも幅があるからです。つねに一定の波長で生きている人はいません。穏やかで愛情深いときもあれば、いらいらして怒りっぽいときや、くよくよと思い悩むときもあります。それがふつうの人間なのです。そして自分の波長のなかでも高い部分がすばらしい人との出会いを、低い部分が未熟な人との出会いを引きよせているのです。

私が人生のいたる場面でいい先生に恵まれ続けたのは、私が持つ波長のなかでももっとも輝ける部分が、いい出会いを引きよせたためだと思います。

もうひとつには、先生たちの波長と合っていたとも言えるでしょう。人の波長にはそれぞれ幅があります。そのうちのどの高さの波長を引き出せるかは、生徒一人ひとりにかかっていると思うのです。生徒がどれだけ熱心に指導を求め、どれだけ素直にその先生の懐に飛び込んでいくかが決め手なのかもしれません。

私はなにごとにも熱心なだけでなく、もとのたましいの気質に素直で従順なところがあるのでしょう。ただし誰に対しても従順なわけではありません。必ず相手を見きわめるという作業をします。その人に裏表がないかどうか、語る言葉に真実があるか、言葉が行動を伴っているかどうかを、霊視とは別に、理性と心の目で見きわめます。見きわめた結果、この人には真実があるとわかれば、私は素直に心を開きます。

私に人の本質を見抜く習性が身についているのは、孤独に生きてきた時期があったためだと思います。孤独というものは人の感性を研ぎ澄ませるのでしょう。

すべての事象には「光」と「闇」があります。光があれば必ず闇があります。闇の暗さを知るからこそ光のありがたさがわかります。数々のすばらしい先生たちとの出会いは、孤独という闇のなかに輝く光のようでした。

経験と感動がすべて

私の本をよく読んでくださっている人は、ここまでに「ああ、江原さんがよく言うあの言葉は、江原さん自身のこの体験から生み出されたんだな」と、何度となく気づいてくださったのではないかと思います。

そのとおりです。私が本に書いたり、講演やメディアで語っていることには、私自身の人生の「経験と感動」から生み出されたものがいっぱいあるのです。

私自身が味わった経験と感動と、スピリチュアリズムの理論。両者の融合点に生まれた言葉を語るとき、その言霊はみなさんのたましいに響く最大の力を放つのではないでしょうか。

言葉とは不思議なもので、それを語る人が経験していないこと、感動していないことについては、どんなに技巧を尽くしても重みを持たないのです。その人がどれだけ真剣に考え抜いたところにその言葉が生まれたかで、言霊の強さは決まってくるように思います。

いま「スピリチュアル・カウンセラー」を目指して勉強している人が、日本にもたくさんいると聞いています。しかし私は、勉強だけで人のたましいを導くカウンセラーになるのは難しいと考えています。ひとりの人間として喜怒哀楽をめいっぱい味わい尽くすことが、いいカウンセラーになるためには欠かせない条件なのです。

冒頭に、私は「愚者の道」を歩んできたと書きました。人は「賢者の道」を歩めれば、たましいの学びもより速く、より効率的に進むのでしょう。私の一連の著書にも、読んで学ぶことで「賢者の道」の人生を歩んでほしいという意図があります。しかし、人の話に学ぶだけで成長するのは、人間である限りなかなか難しいというのも事実です。

だから私は、同時に「実践」を勧めてもいます。実践こそが霊的真理の一番の理解の道だと信じているからです。「これを読んだだけでたましいが成長します」とか、「スピリチュアリズムを勉強すれば霊格が上がります」などとは一度だって書いたことはありません。なによりも大事なのは経験と感動なのです。だから私は、『苦難の乗り越え方』（ＰＡＲＣＯ出版）などでも、とにかく経験を積みなさい、喜怒哀楽の感動をたくさん味わいなさい、人生に失敗はないのだから転ぶことを恐れないでと語っています。

私の著書の内容は、経験と感動をいっぱい積んで生きている人ほど理解しやすいはずです。何度も転びながら生きている人は、どこを読んでも「たしかにそのとおりだよな」と深く頷くことでしょう。また、今回の人生だけでなく、長いたましいの歴史のなかで経験と感動をたくさん積んできた人も理解が早いと思います。

そうでない人でも、読んだ時点ではぴんと来なくても心のどこかに残る文章があると思います。それはあとになって生きてくるものです。自分がまさにそのことを経験したとき、「ああ、あれはこういうことだったのか」とわかるのです。

本書では、私自身の人生を例にしながら、「人生に無駄はない」ことをくり返しお伝えしていきたいと思います。あなたは読みながら、あなた自身のこれまでの人生にもひとつも無駄はなかったと気づくでしょう。

そして今後の人生に対しても、「自分の学びにとって無駄なことはなにひとつ起きないはず」と確信できるかもしれません。そうなればきっと、なにがあっても受け容れていけるでしょう。それは、つまり「大人のたましい」への成長が約束されたようなものだからです。

読者のみなさんがそうなることは、私にとって大きな喜びです。

第二章　両親の死が私に哲学させました

父のルーツをたどる旅

人がこの世に生まれ、最初に出会うのは自分の親です。それだけに、親の生きざまが子どもに残す影響力は大きなものです。

子どものころに死別したとは言え、私の場合もやはりそうでした。両親の人生に感じたこと、考えたことが、私をいまの道に進ませたと言っても過言ではありません。

私の両親はどちらも苦労人でした。ふたりとも幼いときは複雑な事情を持つ家庭で育ち、寂しい思いをしてきたのです。そのふたりが結ばれて、やっと築いたささやかな家庭がわが家でした。

それなのに父は三十七歳、母は四十二歳という若さで亡くなりました。私がその年齢を迎えたときは、「ああ、父は（母は）この若さで子どもを遺して亡くなったのか。どんなに無念だったことだろう」と思ったものでした。

四歳で父、十五歳で母を見送ったとき、親を亡くした悲しさや寂しさを感じたのはもちろんです。しかしそれは二の次三の次で、一番強く感じたのは、両親をかわいそうに思う気持ちと、人生の不条理に対する怒りでした。苦労しながらも誠実に生きたふたりがいよいよ幸せになろうというときに、なぜ亡くならなくてはならなかったのか。「そんなことがあっていいもんか」と、幼い私なりの正義感が許しませんでした。

そこを出発点に、私の心には、人生の意味への根源的な問いがどんどん渦巻いていきました。そもそも生きるとはいったいどういうことなのか。人はなぜ生まれ、なんのために生きているのか。死とはなんなのか。なぜこの世には「幸せ」な人と「不幸」な人がいるのか。

もっとも、このときの私にとっては、幸せと不幸を分ける基準は物質主義的価値観だったと思います。短命であることは「不幸」だと単純に思いこんでいました。霊的真理など知るはずもなかった子どもの私にはそう思うのが自然だったでしょう。

十数年前、私と姉は、父親の実家のお墓を探す旅に出ました。父本人のお墓は私たちが東京に建てましたが、祖父母のお墓は父の故郷の新潟にあり、そこに参ったことは生まれてから一度もありませんでした。新潟のお墓を守る本家の子孫と私の家とはとっくに縁がなくなっています。だから私たちきょうだいは、自分たちでお墓を探し、一度きちんと手を合わせてこようと話し合ったのでした。

初めて訪ねた父の故郷。そこで私たちはお墓を探し当て、無事にお参りを済ますことができました。

お墓を探す過程で、地元の人たちにいろいろな話を聞くことができたのも大きな収穫でした。私たちにとっては祖父母にあたる父親の両親の人となりや、父親の複雑な生い立ちをうかがい知ることができたのです。

実はそれもその旅の目的でした。やはり父のルーツ、ひいては自分たちのルーツを知っておきたいという思いがあったのです。

無口な父の生い立ち

父親の両親、つまり父方の祖父母は、駆け落ちで結ばれたそうです。

祖父は地元でも有名なプレイボーイ。古美術商の息子で、家にお金があったため、若いときからかなり自由気ままにふるまっていたようです。祖父の放蕩のためにその両親の仲まで悪くなり、離婚してしまったそうです。

本人も離婚と再婚を何度もくり返しました。昔の田舎では、おそらく珍しいことだったでしょう。最後に結ばれたのが、私たちの祖母でした。

祖母も、地主の家のお嬢様として育った人でした。お金持ちだけにいろいろな習いごとをさせてもらえたものの、なにをやっても長続きしなかったようです。地元の人の話によると、当時その近辺でミシンを持っていたのは祖母ひとり。それなのに、せっかくのそのミシンもうまく扱えないというお嬢様ぶりだったようです。

そんな祖父と祖母が出会って恋仲となりました。しかし結婚に反対され、両方の家から勘当されて、とうとう駆け落ちしたのでした。

やがてふたりのあいだに男の子が生まれました。私たちの父親です。しかし何年もしないうちに、祖父は病気で亡くなってしまいました。

ひとり息子を抱えて未亡人となった祖母は、絶縁状態だった祖父の実家に行き、祖父の骨を本家のお墓に納めてもらいました。そして、まだ幼かった私たちの父を里子に出してしまいました。女手ひとつで育てていく自信がなかったようです。

父の無口な性格は、もともとの気質もあると思いますが、里親のもとで育てられたという生い立ちも深く関係しているような気がします。勤め先の会社には親しい人たちもいたので、人間嫌いだったわけではないのでしょう。しかし人の輪のなかにとけこんでいくのが苦手で、感情表現もあまりしない人でした。

母は父とは対照的で、親類関係でも近所づき合いでも、わいわい集まって楽しむのが好きな人でした。そのためわが家にはしょっちゅう人が集まってきたものです。そんなときもいつも父はすっと席を外し、別の部屋にこもってしまうのでした。

その父が、周囲を驚かせるほどのはしゃぎぶりを見せたのが、私が誕生したときでした。叔父に聞いた話によると、私が生まれた夜、父や叔父たちは、もよりの繁華街だった錦糸町で祝宴を開いたそうです。父はふだんはほとんど飲めないお酒を飲んで、息子を授かった喜びを隠そうともしなかったようです。「あの人のあんな朗らかな姿は初めて見たよ」と叔父は語っていました。

私が姉の誕生から七年ぶりに生まれた子どもであり、しかも待望の男の子だったことが父をことさら喜ばせたようです。私と姉のあいだにひとり流産してしまった子どももいたので、その分の嬉しさもあったのでしょう。

父といっしょにいられたのは四年間だったので、私の心にある父の思い出は数えるほどしかありません。それでもものすごくかわいがられたことは、記憶にしっかり焼きついています。

温厚な父も子どものしつけには厳しく臨み、叱るときには徹底的に叱りました。外に放り出されて雨戸まで閉められたことや、お尻をペンペン叩かれたことをいまも憶えています。

それでも私は父のことが大好きで、いつもひざの上で甘えていました。

母の寂しい子ども時代

母親は東京のとある下町で、やはり苦労して育ちました。

母は子どものときに両親の離婚を経験しています。母の父親、つまり母方の祖父はとてもいい人だったそうですが、あるとき大けがをして腕を切断してしまいました。それをきっかけに、まるで人生を投げ出してしまったかのように、お酒に走るようになったそうです。

母の母親、つまり母方の祖母は、ひとり娘だった母を連れて離婚し、やがて再婚しました。

新しい夫とのあいだにはふたりの男の子が生まれました。母にとっては父親が異なる弟たちです。

母の継父となった男性は、実の子であるふたりの男の子をとてもかわいがり、血のつながらない母のことは、連れ子だという理由でずいぶん差別したそうです。着物も与えられず、いじめられもしたと、母自身から聞きました。

しかしその継父もまもなく亡くなってしまいました。離婚と死別を立て続けに経験し、再び未亡人となった祖母も、実に苦労続きの人生だったと思います。

余談になりますが、この祖母もやはり霊感の強い人で、戦時中のこんなエピソードがあります。ある日、空襲警報が発令されたので、祖母と母は近所の人たちといっしょに避難所となっていた講堂に逃げ込んだそうです。しかし祖母はすぐにいやな予感がし、「ここは危ないから早くよそへ移りましょう」と呼びかけました。近所の人たちは「なにを言うんだ。外に出れば危ないに決まっている」と誰も相手にせず、祖母はしかたなく自分の娘だけを連れてそこを飛び出しました。その直後に、講堂は爆撃に遭ってしまったのです。あたりは火の海。昭和二十年三月十日未明、東京大空襲の日でした。

父の死後、私は小学校に上がるまで、この祖母のもとにあずけられていました。とても信心深い人で、浅草や亀戸、深川などの社寺に、幼い私をずいぶん連れていってくれたものです。四年前に九十代で亡くなるまで、とても気丈に生きた人でした。

その母親、私たちにとっては曾祖母にあたる女性も霊感が強かったらしく、家に手紙が届くと、見もしないうちに「誰々からの手紙だよ」と言い当てたそうです。

母もこの世を去る直前に、これから始まる私の波瀾の生涯を予告するようなことを言い遺していましたから、口にこそ出さなかったけれど、実はいろいろなことが視《み》えていたのかもしれません。姉も十代までは私以上に霊感が強かったし、私の霊能力もどうも母方ゆずりのようです。

スパルタ教育とエレガントなしつけ

私の母は、自分自身が築いた家庭に対してはとても強い思い入れを持っていました。子ども時代の寂しさや苦労があったからなのでしょう。母子家庭となってからも、「おまえたちに贅沢はさせられないけど、衣食住だけは絶対に不自由させない」というのが口癖でした。「おまえは食べ盛りなのだから」と、自分の食事をがまんして、私に分けてくれたこともよくありました。

母の教育は、スパルタ式とエレガントさが入り交じったものでした。

スパルタ式のほうでは、たとえば私が、あれがほしい、これを習いたいというお願いごとをするたび「お大尽じゃあるまいし」、「身のほどをわきまえなさい」、「なに様だと思っているの」とお説教したものでした。

母ひとりの収入で一家を養っていることを知りながら、ついお給料日前におこづかいをねだったときなど、「これが全財産だ。使え、使え！」と声を荒げながら私に財布を投げつけたり、頭のうえに財布の中身をぶちまけたりしたものです。

父親の分もしっかり導かねばという気負いからのスパルタ式教育であったかもしれません。そうかと思うと、エレガントさを身につけさせる教育も忘れない母でした。

あるとき母は、下町のなんの変哲もない食堂に私たちきょうだいを連れて行きました。なぜ急にと怪訝に思いながらテーブルにつくと、母はいきなりマナー教室を始めたのです。パンは一口サイズにちぎって食べる。スープは音を立てて飲んではいけない。ナイフやフォークの使いかた。そういった洋食をいただくときの基礎をたたきこんでくれました。

いまでは洋食もすっかり日常的なメニューになりましたが、私が子どものころはまだ、ちょっと特別な食事でした。そうしたなかで、母は「この子たちがどこへ出ても恥ずかしくないように」とはからってくれたのでした。

母との思い出のなかに、大人になったいまも強烈な印象として刻まれている、こんなエピソードがあります。

小学生だったある休みの日、母といっしょに母の友人宅に遊びに行くことになりました。当時の私は、その年頃の男の子のご多分にもれず、鉄道が大好きな少年でした。遠出するときはいつも、いくつもの電車を乗り継いで行くことにわくわくしたものです。

この日の行き先はある私鉄の沿線で、私はそこまで急行電車に乗って行くのを楽しみにしていました。私たちが駅のホームで急行を待っていると、ひとりの若い女性が母に、「○○

駅に行くにはどの電車に乗ればいいですか?」と尋ねてきました。地方から出てきたばかりで、まだ東京の地理をよくわかっていないようでした。母は気さくに、「同じ方向なのでいっしょに乗って行きましょう」と答えました。

でも私は、「えーっ。急行に乗りたい!」と言って抵抗しました。女性の目的地は普通電車しか停まらない駅。同じ電車に乗ると、楽しみにしていた急行に乗れなくなってしまいます。だだをこねる私と母のやりとりを聞いていた女性は、「もう大丈夫です。ありがとうございました」とにこやかにお礼を言い、立ち去って行きました。

その後の母の私に対する態度は、正直なところ予想外のものでした。ひどく落胆した様子でこう言ったのです。

「急行電車なんていつでも乗れる。でもあの人はいま困っていたんだよ。それなのにおまえはその程度の親切もできない。どれだけ恥ずかしいことか思い知りなさい」

そして「そんな心の狭い人間とは口もききたくない」と、その日一日まったく口をきいてくれませんでした。

私は子どもながらに自分の情愛のなさを恥じました。

一事が万事で、母の言うことなすことにはつねに筋が通っていました。そして深い愛情が底に流れていました。だからこそ、このエピソードも私の心の奥深くに刻まれているのだと思います。

スピリチュアリストだった母

私は、自分がいま語っているスピリチュアリズムのもとは、わが母親だと思っています。母は知識としてのスピリチュアリズムを知っていたわけではありません。それでも母の生きかた、考えかたは、霊的真理にみごとに沿ったものでした。大人になってから出会ったスピリチュアリズムの法則をすんなり受け容れられたのも、母がいつも口にしていたこととまったく同じだったからです。

母は人情に厚く、寂しい人や苦しんでいる人をしょっちゅう家に寄せていました。姉のクラスに身体が不自由な子や、親御さんを亡くした子がいると聞くと、決まって「うちにお招きしなさい」と声をかけたものです。そして食べきれないほどの料理でもてなしていました。自分自身の生い立ちが寂しかった分、寂しい人を放っておけなかったのだと思います。

どんな苦境にあるときも、「貧乏がなにさ!」、「母子家庭だからなんなの?」と、明るく豪快に笑い飛ばす母でした。陽気な母のまわりには笑いが絶えず、勤め先の養護学校でも子どもたちの人気者だったようです。

職場の同僚たちもたえずわが家に出入りして、母に愚痴をこぼしたり、悩み相談をしたりしていました。夫婦げんかをして家を飛び出してきた人をかくまったり、職場恋愛中のふたりの仲をとりもったりもしていました。どの人も、わが家でたらふくご飯を食べて、元気に帰って行くのでした。

母は周囲の人たちのカウンセラー的存在だったのかもしれません。私もきっとその気質を受け継いだのでしょう。

そうした母の人柄を思うと、父と結婚したのも、「寂しい人は放っておけない」という情からだったのではないかという気がします。父はとても無口で、にぎやかな母とは、表面的に見れば不釣り合いとも言えました。

しかしふたりがとても愛し合っていたことは、父の死後、子どもである私にもよくわかりました。再婚の話を持ちかけられても、母は「子どもたちの父親はただひとり」と、ひたすら断り続けていたからです。

信仰心は厚くても宗教は嫌い

父が亡くなるとまもなく、どこで聞きつけたのか、わが家にはいくつもの宗教がしつこく勧誘にやって来ました。

彼らは母に「おたくは呪われている」、「ご主人が亡くなったのも、あなたにこうこうこういう因縁があるからだ」などと言って、入信を強く勧めるのでした。そのたび母は、「馬鹿にして」と悔しがって泣いていました。父を愛しているから、そんな言われかたをすることに耐えられなかったのでしょう。

そのせいで母は宗教というものをひどく嫌っていました。信仰心がなかったわけではありません。特定の宗教を持たなかっただけで、目に見えない世界や、神と呼ぶべき存在に、むしろ厚い畏敬の念を抱いていました。神社仏閣もよく訪ね歩いて手を合わせていました。父の供養にも熱心で、毎年のお盆にはきちんと迎え火、送り火を焚き、最後の夜にはお飾りを川に流していました。お飾りを流し終えると私たちきょうだいの手をとって「絶対にふり返っちゃだめ！」と真剣な顔つきで言い、三人で家路を急いだものです。

信仰と宗教は、世間ではいっしょくたにされがちですが、本来まったく別のものです。

私自身、わが家に宗教が押し寄せてきたときの記憶も手伝って、いまだに新宗教的なものが嫌いです。因縁、祟りといった発想や、現世利益的なありようがとてもいやなのです。もしも私に霊能力がなく、生い立ちもぬくぬくとした平和なものだったら、そういう世の宗教に辟易して、霊的なこと全般を否定しながら生きていたかもしれません。「あの世なんてあるもんか。霊能力なんて嘘くさい」と言い放っていた可能性もあります。

しかし、たまたま自分に霊能力があったことと、若いとき、苦悩の末にスピリチュアリズムと出会ったことから、私は霊的世界の存在を確信するに至りました。その結果、あの世の存在は確信しているけれど、世の中にある宗教は嫌いという、一般にはなかなか理解されない思想体系を持つに至っています。

日本の新宗教の多くは、因縁、障り、祟りといった言葉が大好きです。自分に不都合な現象を、そこからなにも学ばずにただ除霊やお祓いでとり除くという現世利益にも走っています。宗教を名乗っていながら、神の視点、たましいの視点がないのです。

そのことになんの疑問も抱かずに信じる人たちにも問題があるのです。努力も思考もせずに、ただ物質的な幸せを得たいという信者たちの依存心が、そういう宗教を成り立たせているのかもしれません。

スピリチュアリズムの理論から言うと、自分に起こることはすべて必然です。この世の人生において、みずからのたましいの学びと関係のないことを味わうことは一切ないのです。自分のカルマや波長と無関係なことが、単なる災難として降りかかってくることは絶対にありません。

なにか自分に不都合なことを経験するとしたら、そこには必ず自分自身がより成長し、輝くたましいになるための学びがあるのです。だからそれは不幸なことではなく、ありがたいチャンスなのです。

この家に生まれたからこそ

私はつねに、「どんなに因縁の深い家に生まれようが、どんなに因縁の深い土地に住もうが、自分自身の波長とカルマに問題がなければ、絶対に影響を受けません」と話しています。詳しくは拙著『天国への手紙』(集英社)の中でも触れていますが、霊能力者の中には、「霊障は因縁のせいです」と、高額な除霊を勧める人もいます。しかし、仮に「因縁」があったとしても、本人が同じ波長を出していなければ、霊を引き寄せることはありません。つまり、

「因縁」よりも、みずからのたましいのありかたを見つめることが大切なのです。

それを聞いて「江原さんには、因縁に苦しむ私の気持ちなんてしょせん理解できないんでしょう」と思った人は、この章をふり返ってみてください。

世の新宗教的なとらえかたからすれば、私の父方も母方も「呪われた一族」と言えないでしょうか。両家とも祖父母たちは現世的な幸せと無縁でした。駆け落ちしてすぐ未亡人になったり、夫が大けがをしてお酒に走ったり、再婚してもまた死別したり。そんな波瀾万丈の生涯をそれぞれに送っています。

両親も幸薄く、やっと平凡な幸せをつかんだとたん、この世を去らなければなりませんでした。その夫婦の子として生まれ、早くに両親を喪《うしな》って孤独の身となった私も、十代半ばから苦難の嵐に見舞われました。そんな両親や私自身の半生も、世の新宗教的な見かたでは「呪われた人生」ではないでしょうか。

けれども私は、自分の境遇に屈しませんでした。そういう境遇に置かれたからこそ芽生えた、「人生とはなんなのか」、「人はなぜ生まれ、いかにして生きるのか」、「なぜこの世には幸せな人、不幸な人がいるのか」、「ほんとうの幸せとはなにか」といった疑問の数々を、むしろ「生きる力」に変えたのです。これらの疑問を解き明かさずには一歩も前に進めないし、これ以上生きていく勇気も湧いてこない。そんな光と闇のぎりぎりの境界線で、私は闇に屈するよりも光に向かうことを選び、真理の探究を始めたのです。

真理の探究は決して平坦な道ではありませんでした。しかし霊的世界の導きもあってなのか、とうとう私はスピリチュアリズムに出会いました。

そして、スピリチュアル・カウンセラー江原啓之が誕生したのです。

私の活動は、ときには心ない批判も受けますが、それ以上に「江原さんの言葉に救われた」、「江原さんの本を読んで自殺を思いとどまった」、「いまは生まれてきたことに感謝している」といった声をたくさんいただきます。

その江原啓之は、この家系に、この両親のもとに生まれなければ、存在していなかったのです。別の家に生まれていたら、きっと別の生きかたをしていたでしょう。

やはり「人生に無駄はない」わけで、すべてが私をこの道に導いてくれた「必然」だったのです。私はこの人生に感謝し、受け容れています。

第三章　世間の闇をとことん見ました

理解されない孤独

七つ年上の姉と私は、とても仲のいいきょうだいです。母の死後も、ときにはふたりで好きな歌手のコンサートに出かけたりしながら、お互いに励まし合ってすごしたものでした。その姉も、母の死から二年後に結婚。私は弱冠十六歳にしてひとり暮らしを始めることになりました。

高校生の男子がひとりで暮らすことの大変さというのは、なかなか想像できないものかもしれません。しかも私の場合は、ちまたの大学生などがよくやっているような、いざとなれば頼れる距離に実家があるひとり暮らしとはわけが違いました。姉夫婦が自転車で行ける距離に住んでいたので、ときどき訪ねてはご飯を食べさせてもらったり、繕いものを頼んだりしましたが、やはりそこは姉の家庭です。やがて赤ん坊も生まれましたし、あまり甘えてばかりもいられませんでした。

自分で一切の家事をしながら高校に通う毎日です。ほかの生徒たちが母親の手作り弁当を持ってくるなか、私のは自分が作ったもの。中身がわかっているので、蓋を開けるときの気分も実に味気ないものでした。

くたくたに疲れて帰った日も、洗濯して夕飯を作りました。限られたお金のなかでやりくりしていたので、お総菜を買ったり外食したりはほとんどしませんでした。必要に迫られて、針仕事もひととおりできるようになりました。

親がいないからという理由で、アパートを借りるのにもひと苦労でした。世間は親のない人間に厳しいのです。

もっとも、十代半ばでの自活というのは、特殊なことではないのかもしれません。歴史をさかのぼれば、地方からの集団就職が盛んだった昭和三十年代の東京には、十五歳で親元を離れて働きに来ている男女があふれていました。

それでも彼らには、田舎に自分を心配してくれている親がいました。ときには手紙で励ましてもらえたでしょう。まわりには同じ境遇の仲間たちがいたから、孤独感もやわらいだでしょう。私もせめてその世代に生まれていたらと、何度となく思ったものでした。

私の高校時代と大学時代は、日本も一億総中流社会といわれる豊かな時代でした。みんなが物質的に恵まれ、学生のうちは親のすねをかじるのが当然といった空気がありました。卒業旅行で海外へ行くのもごくふつうのことになっていました。

そのなかでのつましいひとり暮らしは、夏の滝行のようなものでした。滝行というのは、冬のほうが意外と楽なのです。気温が低くて水温との差が少ないからです。夏は気温が高い分、水温との落差が大きくて、けっこうつらいのです。

それと同じで、みんなが豊かな暮らしをしていただけに、私の孤独感はひとしおでした。大学に入ればまわりの学生たちは、夏はテニス、冬はスキーといったサークル活動を楽しんでいました。私もよく「江原、スキーに行かない？」と気軽に声をかけられましたが、行けなかったし、行けない理由を言ったところで、みんなにはぴんと来なかったと思います。

誰も私の境遇を理解できなかったのです。知ってもらうことはできても、理解はできなかった。それはみんなが冷たかったからではありません。理解しようと努めてくれた、やさしい友だちもたくさんいました。「自分にできるのはこれだけだけど」と言って、たびたび食事をおごってくれた先輩もいました。

しかし私の立場をほんとうに理解することは、二十歳にも満たない、平和な家庭でふつうに育ってきた学生たちには難しかったはずですし、仮にいくらか理解してもらえても、なにかが解決するわけではありません。そのジレンマでお互いが欲求不満になり、私はよけいに孤独感を深めていきました。

みんなが遊んでいるあいだも私はアルバイトに励みました。少しでもバイトを休むとたちまち生活費に窮することになるからです。

やがて、そんな私に追い打ちをかけるように、わけのわからない心霊現象が絶え間なく襲ってくるようになりました。「あそこに霊がいる！」、「わーっ、そこにも！」と、パニックに陥る毎日。そうなると、私を理解しようと努めてくれた友だちまでが、ひとり、ふたりと去って行きました。

このころの底なし沼のような孤独感も、今日の私の基礎を作っています。「なぜ自分ばかり」という思いが、のちに真理を探究するエネルギー源となっていったのです。

愛を知らずに愛を求めていた

こうして過去をふり返って思うのは、私はいつでも愛を求めて生きてきたようだということです。孤独の寒さにふるえながら、愛のぬくもりを求めていました。

しかしやみくもに愛を求めれば、自分も傷つくし、相手も傷つけてしまうことははじめからわかっていました。

やみくもに愛を求めるのは、きのこの知識がないまま山へきのこ採りに行くのと似ています。きのこほしさの一心できのこ採りに出かけるとどうなるでしょう。色あざやかな毒きのこに目がくらみ、猛毒に苦しむ結果が待っています。手当たり次第にきのこを採ってしまえば、山そのものをも枯らしかねません。

愛も同じです。きのこの知識があってこそ美味しいきのこに出会えるように、ほんとうの愛と出会うためには、ほんとうの愛とはなにかを理解していなければなりません。

頭ではそこまでわかっていたのです。しかし実際に愛の本質をつかむためには、結局は経験と感動を積むことのほかに、残念ながら近道はありませんでした。何度も毒きのこに手を出して苦しむという「愚者の道」を歩むしかなかったのです。

先述したように、どんなものごとにも光と闇があります。光を知るには闇を見なければならず、闇を経験すれば、わずかな光に気づける感性がそなわります。若いころの私は、ほんとうの愛という「光」に出会うために、人間の持つ残酷な面や世間の冷たさといった「闇」を思い知ることの連続でした。

孤独だった私には、親の愛情を求める子どものような部分がいつまでも消えず、人の甘い誘いについ気を許してついて行きがちでした。その無防備さに、「闇」の心を持つ大人たちが何度もつけこんできたのです。

私に霊能力があると知ると、やさしい言葉で接近してきて私を食いものにした人もいました。親切にしてくれたかと思うと、手のひらを返すように「さんざん世話してやったのに」と居丈高に見返りを要求する人もいました。

そんな失敗をいくら重ねても私はつねに愛に飢えていたし、新しく出会った人に対する「この人なら、もしかしたら……」という期待を捨てられなかったのです。

家族のようなあたたかい関係を今度こそ築けるのではないか。この人ならばほんとうに私のことを愛してくれるのではないか。何度失敗しても、だめだとわかっていながら儚《はかな》い期待をし、夢やぶれることのくり返しでした。

それもこれも、私が幼くて世間知らずだったことが原因です。愛ほしさから依存心を持ってしまっていたのです。もっと社会性と自立心があれば、痛い目にも遭わなかったでしょう。美輪明宏《みわあきひろ》さんは、どんな人間関係もつねに「腹六分」であるべきだとよくおっしゃいますが、当時の私にも「腹六分」のつき合いができていたら、利用されずに済んだはずです。

いまでは「責任主体として生きましょう」、「自立して生きることがなによりの幸せ」とみなさんにお話ししている私自身が、当時はまったく逆の生きかたをして苦しんでいたのです。そこで生まれた教訓だからこそ、私はいつも力を込めてそう語っています。

世間は弱者に冷たい

いま思えば、私を食いものにした彼らにとって、世間知らずだった私ほど利用しやすい存在はなかったのかもしれません。やさしく誘えばついて来るし、お人好しでもある。霊能力でお金もうけもできる。そしてなんと言っても身寄りがいません。「こいつならぞんざいに扱ってもいいだろう。そのへんで野垂れ死にしたって誰も泣くまい」というていどの気持ちだったのではないでしょうか。

人間というのは、そういう実に恐ろしい面を持っているのです。誰にでも天使の面はあるけれど、悪魔の面もあって、それをむき出しにして生きている人たちもいる。私はそのことを痛いほど思い知りました。

だから私は、いまも自分の家族、とりわけ息子たちのことは、最終的にはこの私しか守ってやれないと思っています。本人たちにもよく「世間は甘くないんだよ」と言い聞かせています。

母親からつねづね聞かされていた、「親以上におまえたちを愛する人はいない」という言葉も、気がつけば今度は私がわが子に語っています。母はよく「この世の中に、どんなにいい人と思える人がいても、親の愛には勝てないんだよ」と、私たちきょうだいに話してくれたものです。マザー・テレサも、「私たちがどんなに真心をこめてお世話をしても、その人の親の愛にはかなわない」と語っていたそうです。

ほんとうにそのとおりなのです。私は心ない人たちにも出会った一方で、幸せなことにまるで親のように面倒を見てくれる人との出会いにも恵まれました。しかしそういう人たちでさえときおり悪魔の面を見せ、息をのむほど残酷な言葉を私に浴びせることがあったのです。「江原君には親がいないからね」、「親がいないんじゃ、しょうがないよね」。

どれだけ悔しかったかわかりません。彼らにすれば、軽い嫌味にすぎなかったのでしょうけれど、人として言っていいことと悪いことがあります。

言っていいこととは、相手が自分の努力で変えられること。たとえば「きみは怠け者だね」という類のことなら、努力して改善できたでしょう。しかし親がいないことについてはどうすることもできません。先述した、十八歳のときに声楽の先生が言った「お金も才能のうちですよ」という言葉も、やはり言ってはいけない言葉だったと思います。本人が好きこのんでその状況にいるわけではない場合、それをわざわざ言うのは相手のたましいの否定に等しい行為なのです。

人間というのは、自分が味わったことのないことに関しては、ものすごく冷たいのです。味わっていないから想像がつかない。しかも本人には、残酷なことを言っている意識がないことも多いのです。

四十を過ぎたいまは、人のこうした心ない言動にも動じません。「この人のたましいはまだじゅうぶんに経験と感動を積んでいないから、想像力にも欠けるんだな」と思うだけです。誰だって経験と感動が乏しいうちはそういうものなのです。

あるいは「きっとこの人はいま幸せではないのだろう」、「寂しいのかもしれないな」と、冷静に受けとめます。自分自身の経験と感動から、「幸せな人は意地悪をしない」ということをよく知っているからです。

闇を上手に遊ぶ生きかた

世間の闇を味わった過去をふり返ると、つらい気持ち、悔しい思いがまったくよみがえらないわけではありません。しかしそれでも、いまの私には「闇をとことん見てきたおかげだ」と思えることがたくさんあるのも事実です。

そのひとつは、人の心の闇を見てきた分、人の心に輝く小さな光にも気づけるようになったことです。

ふたつめは、世の中の酸いも甘いも見尽くして、人間というものを深く理解できたことです。このことはカウンセリングの仕事に大いに役立ってきました。

そして三つめは、有頂天にならずに済んでいること。

現在、ありがたいことに、「江原さんの言葉で人生が変わった」と支持してくださる人が大勢います。マスコミや仕事先の人たちに下にも置かない扱いを受けることもあります。自分で言うのも変ですが、ふと気づいたらまるで時代の寵児と見られるようになっていたのです。

ついこのあいだまでは東京の片隅で一般人として生きていたのです。スピリチュアル・カウンセラーという職業は珍しいかもしれませんが、それでもいまのように不特定多数の人たちに顔を知られていたわけではありませんでした。

それがまたたくまに全国の人々に知れ渡るようになったのです。「江原先生！」とどこへ行っても呼ばれます。ふつうならどんなに気をつけていても有頂天になってしまうものではないでしょうか。すっかり舞い上がって、本人やまわりの人たちの人生が狂ってしまうというのはよく聞く話です。

しかし私は、どんなにもてはやされても「これは仕事だから」と、あくまでも冷静でいられます。それはマスコミに出始めた時点で、すでに落ち着いた年齢になっていたということもありますが、やはり世間の闇をとことん見てきたことが大きいと思います。自分自身の経験から、人というのは実に身勝手なものだということもよく知っています。二十代の初めに心霊の道を選んだ私をさんざん非難しておきながら、有名になったとたんにまた近づいてきた人たちもいるのですから。

また、支持者が大勢いる一方で、私をキワモノやいかがわしい人物と見なす人たちがいることも、私の心を冷静にしてくれています。

脚光を浴びている私をなんとか引きずり下ろそうとしている人たちの存在も知っています。そういう人たちは、私を貶《おとし》める目的のためには嘘をつくことも厭いません。闇の心に支配されているのです。

私はそんな光と闇の両方を見てきたから、バランスを失わずにいられるのだと思います。それでも闇は、この世の「必要悪」なのかもしれません。「人生に無駄はない」ように、無駄な闇というのもないのでしょう。光を知るには、闇をくぐり抜けることが必要なのです。闇から逃げてばかりいては、人間は成長できません。

だからと言って、やみくもに闇と闘おうとすると、人はどうしても卑屈になってしまいます。大事なのは、闇にふりまわされることなく、闇を上手に遊ぶことではないかと思います。私自身が味わった「光と闇」の人間関係。その学びの中で得たことが、後々のカウンセリングや著書『人間の絆 ソウルメイトをさがして』(小学館)などにも生かされています。

蓮の花は泥に浸かりながらきれいな花を咲かせます。泥は汚いけれど、その中に栄養がいっぱいあるように、この世の闇もたましいを育てる滋養をたっぷり含んでいるのです。私たち人間も、泥を吸収しながら大輪の花を咲かせる蓮のように生きたいものです。

第四章　失恋もバネにしました

私を一番「磨いて」くれた経験

人間関係の極意が「腹六分」であるというのは、恋愛や結婚、家庭での人間関係についても言えることです。

「それは難しい」と感じる人もおそらく多いことでしょう。友だちや先生、職場の同僚などとは適度な距離を保つことができても、恋人や夫婦、家族とはついお互い近くなりすぎて、自制が利かなくなるのがふつうかもしれません。

しかし、それでもやはり「腹六分」が肝要なのです。いくら愛していても、甘えや依存心ゆえに相手の領域に土足で踏み込めば、しまいには深く傷つけ合って別れることにもなりかねません。

大切にあたためたい関係であればあるほど、性急にならずに一歩ずつ歩みよっていくべきなのです。そしてどんなにつき合いが長くなっても馴れ合ってはいけません。その慎重さがあれば、途中で「この人とはうまくやっていけない」とわかった場合に、最小限の傷で離れていけます。

このように書いている私も、はじめからそれができたわけではありません。実は、若いときの悲恋があったからこそ、身にしみてわかったことなのです。

愛に飢え愛を求めていた若き日の私が、「ほんとうの愛とはなにか」を悟る最大のきっかけとなったのが、二十代初めのある恋愛でした。

「人は傷つくのではなく磨かれる」といつも言っている私自身が、一番深く「傷ついた」と思った経験はその恋愛です。そして、いま静かに過去をふり返ったとき、一番自分を「磨いてくれた」と思える経験もその恋愛なのです。

スピリチュアリズムを探究する人は、とかく崇高なことばかり語りたがる傾向があります。スピリチュアリズムを語るのに、恋愛を引き合いに出すなど低俗だと言う人も多いようです。

しかし私は決してそうは思いません。人間がたましいを磨くためには多くの経験と感動を味わうことが絶対に必要で、その感動には喜怒哀楽のすべてが含まれることを考えると、人生において、恋愛ほど感動を味わい尽くせるたましいの学びの場は、ほかにあまりないのではないかとさえ考えます。

恋愛というものは、ほかの人間関係以上に、人を感情に走りやすくさせます。それだけに自分の未熟な本性、つまり小我《しょうが》の部分がむき出しになります。小我がむき出しになれば、当然ながら相手とうまくいかなくなります。そのため思い悩みますし、衝突し傷つけ合うという経験もします。そのことが深い内観を生み、結果的にお互いを高め合う「切磋琢磨」につながるのです。

だから私は、世の自称スピリチュアリストたちの批判を承知で、霊的視点から見た恋愛の本（『愛のスピリチュアル・バイブル』（集英社）、『超恋愛』（マガジンハウス／林真理子さんとの共著）を書き、女性誌などでもしばしば恋愛の指南をしてきました。

スピリチュアリズムは人生の人事百般のなかに生きています。また、人事百般の問題を解き明かせるスピリチュアリズムでなければ意味がありません。現実と遊離した理論だけのスピリチュアリズムになんの意味があるのでしょう。

現に、みずからの恋愛経験が、スピリチュアリズムと出会うきっかけになったという私の読者は大勢います。恋愛につまずいたときにふと私の本を手にとったという彼らのなかには、いまではスピリチュアリズムへの深い理解に至っている人も少なくありません。

私の指導霊（職業、才能を指導する守護霊）である昌清之命《まさきよのみこと》も、「悟りとはいと高きところにあるばかりではない。むしろ身近にある。身近な小さき悟りを一つひとつ積み上げたときに、やがて大きな悟りになる」と説いています。

求めるばかりの「愛情乞い」

若いときの私には、「自分は基本的に恋愛ができない人間だ」という悩みがありました。

私が愛に飢えた「愛情乞い」だったからです。

前章に書いたように、一見親切そうな大人たちに尻尾を振ってついて行き、挙げ句に何度も裏切られたのも、愛に飢えるあまり、人を見きわめる目や相手との距離を見失いがちだったせいです。自分でも重々承知していました。

そんな愛情乞いとしての弱さが一番出るのが恋愛です。心にしみついた寂しさに、恋愛特有の情熱が加わるため、愛を返してくれることを性急に求めすぎてしまうのです。

この世で愛と名づけられているものは、霊的視点に立てば二種類に分けられます。「大我《たいが》の愛」と「小我の愛」です。

「小我の愛」は自分のエゴにとらわれた愛のこと。自分を愛してほしいと望むばかりの、ひとりよがりの愛です。自分では相手を「愛している」つもりでも、どこかで見返りを期待している愛や、打算を含んでいる愛は「小我の愛」です。「相手のため」と言いながら、ほんとうは相手の立場に立っていないのです。「これだけ愛しているのに」、「なぜ私の愛がわからないの？」という思いが湧くときは「小我の愛」に陥っている証拠。この世に生きる人間はみな未熟ですから、どうしても「小我の愛」に傾きがちです。

一方の「大我の愛」は、ほんとうの愛です。見返りを求めず、与えるだけの「無償の愛」です。相手のためをひたすら思い、相手の幸せのためなら自分は身をひくことも厭わない。これは神の愛であり、人間である私たちが持つことはなかなか難しいのです。それでも不可能なことではありません。人生は、さまざまな人間関係にもまれながら「小我の愛」を「大我の愛」に変えていく学びの道程なのです。

そもそも誰かを愛する気持ちが百パーセント「小我の愛」であったり、百パーセント「大我の愛」であったりすることはまれで、ひとつの愛のなかに「小我の愛」と「大我の愛」が混ざっているのがふつうです。

現世にある愛のなかでも「大我の愛」の割合がもっとも多いのは、子どもに対する親の愛かもしれません。恋愛は逆に「小我の愛」の割合がどうしても多くを占めます。

愛情を求めてやまなかった私の恋愛も、典型的な小我むき出しの恋愛感情でした。

相手のことはもちろん本気で好きだったのです。しかし好きだという感情ゆえに「くださ い、ください」と要求するばかりになってしまった。「好き」と「大我の愛」は違います。

いま思えば、それは自分かわいさの「小我の愛」を超えるものではありませんでした。

もっとも当時は、愛には「小我の愛」と「大我の愛」があることなど知るはずもありませ ん。「こんなに愛しているのに」という思いにただただ苦しんでいました。

仕事をとるか、愛をとるか

その女性とおつき合いしていたのは、二十代初めの数年間でした。知人の紹介でご縁を得た神社に奉職しながら、神道を学ぶために再び大学に通い始めたころです。

当時は、昼は神主、夜は学生、そして深夜には口コミで私を訪ねてくる人たちの心霊相談を受けるという三本立ての毎日を送っていました。心霊についてより深く学びたいという人たちと、「心霊サークル」という会を始めた時期でもありました。

ハードな毎日だったものの、十八歳から逆境続きだった私にとっては久しぶりの心穏やかな日々でした。二度めの大学生活はとても楽しくて、毎日がいきいきと輝いていました。もちろんそのなかに、彼女の存在があったことも大きかったのです。

そんな日々にも区切りをつけるときが来ました。大学の卒業が近づき、具体的な進路を選ばなければならなくなったのです。考えうる進路のなかでは、そのまま神社に就職するのが一番安定した道でした。

神職に就き、心霊相談も余暇を利用して続けよう。そして彼女と、ささやかでもあたたかい家庭を築けたらいいなあと、ふたりの静かな幸せを思い描きました。

自分が出会えた霊的真理のすばらしさをひとりでも多くの人に伝えたいという思いは、そのころすでに持っていました。その初めの一歩として「心霊サークル」があったわけですが、まだ若かった私にはそれ以上の方法がわからなかったし、その道に専念する自信もありませんでした。

それに、あまりにも孤独かつ波瀾万丈に生きてきた私です。正直なところ、スピリチュアリズムの道に突き進むよりも、彼女と結婚して平凡な家庭を築くことのほうに惹かれた時期でもありました。

ところが現実は、そうは行きませんでした。

彼女から、「結婚するなら、ふつうの会社に勤めるサラリーマンになってほしい」と言われたのです。

仕事をとるか、愛をとるか。私は大きな岐路に立たされたのです。

彼女とは絶対に別れたくない。だからと言って、やはり、自分が「これ」と確信した道を捨てられるはずもない――。

悩みに悩んだ末に私は仕事を選びました。彼女を心から好きだったけれど、自分の志を曲げてまでいっしょになりたいとはどうしても思えなかったのです。仕事というのは、人間にとってアイデンティティーそのものではないでしょうか。少なくとも私にとってはそうです。

自分の道を貫き、なおかつ彼女との結婚も果たすことはできなかったのか、と言う人もいるかもしれません。しかし私は無理だと思いました。人生にはしかたのないこともあります。なんでも「がんばれば乗り越えられる」というものではありません。なぜなら、人にはそれぞれ生まれ持った「素材」、つまり宿命的な要素や、たましいの資質があるからです。

私は誰に遠慮することもなく、自らの素材を輝かせる道を進んでいこうと思いました。私が選んだ道を人々に喜んでもらえるような生きかたをしていこう。そう決意しました。

自分自身のこの経験もあって、私は著書『未来の創り方』（ＰＡＲＣＯ出版）などで、「分相応に生きましょう」と語っているのです。分相応に生きるとは、みずからが生まれ持った「素材」を熟知し、受け容れて愛し、最大限に輝かせる生きかたのことなのです。

平凡な幸せを選べなかった

「多勢に無勢」という言葉がありますが、どういうわけか、私にはつねに「無勢」の側に立って生きてきたようなところがあります。

波風の少ない平凡な人生を生きている人たちは「多勢」。しかし私は、たとえば両親がいない点でも無勢派ですし、スピリチュアル・カウンセラーという仕事をしている点でも無勢派です。きっとそれも私のたましいの資質なのでしょう。

しかし世の中の仕組みは基本的に多数決です。特にこの日本ではそうです。そのため私は、世の多勢派たちに理解されにくいという苦悩をいつも抱えています。だからと言って自分を曲げたりできないのも私の資質です。

そんな私の無勢派の生涯を象徴するような思い出があります。

小学一年生のある日のこと。学級会で、席替えをするかどうかの話し合いをしました。担任の先生は、このような話し合いの際に、いつも面白い方法をとっていました。賛成派は教室の右側、反対派は左側というふうに分かれ、議論を進めていくうちに自分の意見が変わったら、椅子ごと相手方に移動するのです。

私はこのとき反対派でした。しかしクラスのほとんどが賛成派で、しかも反対派はどんどん減っていきます。とうとう私は最後のひとりになりました。しばらくはそのままがんばったものの、しだいに「もういいや」という気持ちになってきました。そこで椅子に手をかけて立ち上がろうとしたときのこと。私の肩を、先生が背後からぐっと押さえつけたのです。そして「自分が反対だと思うなら、最後まで貫きなさい」と、真剣なまなざしで私を諭しました。

軍配はもちろん賛成派に上がりましたが、最後まで自分の信念を貫く勇気を与えてくれたこのときの先生を、私は忘れることができません。

先生は「多数決に負けても自分を曲げてはいけない」ということを、私にだけでなくクラス全員に示したかったのだと思います。「納得してもいないのに、最後のひとりになったからと言って屈するのはよくありませんよ」と、とても深い学びを与えてくれたのでした。

あの出来事は、その後の私の人生をあたかも予言していたかのようです。無勢派として、多勢派の誤解や無理解に向かわなければならない場面が、私の人生にはなにかと多いのです。結婚まで考えた彼女との別れも、多勢派として生きられない私の資質が招いた結果だったのでしょう。あのときふつうのサラリーマンの道を選べていたら、悲恋に泣くこともなかったのですから。

しかし私は、彼女とつき合っていたころにはもう、「人はなぜ生まれ、いかに生きるのか」、「ほんとうの幸せとはなにか」の答えのすべてが霊的真理にあるという信念を持っていました。

自分のなかに、スピリチュアリズムが絶対的な真理であり、これが多くの人の人生に光をもたらすだろうという確信があったのに、いまさら自分に合いそうにないサラリーマンの道を選ぶことはどうしてもできませんでした。

少々きざな言いかたをすれば、私は愛よりも道を選んだのです。

この道に人生を捧げよう

その後の私は、失恋の痛みをふり切るかのように、いよいよ本格的にスピリチュアリズムの道に邁進しました。

昔から、転んでもただでは起きない人間です。好きな人と別れなければならなかった悲しみも、前向きに生きていくためのバネとしたのでした。

マイナスと思える経験をバネにして、飛躍というプラスに転じさせることができるかどうかは、人生の充実度を大きく分けるように思います。

「人生に無駄はない」というのは誰の人生にもあてはまることですが、どんなマイナスをもプラスに変えられる強さを持った人は、まったく無駄のない、充実しきった人生を送ることができるでしょう。

ところがいまの世の中には、マイナスの経験にただ押しつぶされてしまうだけの人が増えているのではないでしょうか。一度の失敗につまずいて立ち直れなくなってしまう。失敗がトラウマとなって前へ進めない。そうなってしまうのは、子どものころから過保護に育てられ、小さなマイナスの経験を積み重ねてこなかったからだと思います。純粋培養で育ってきた人ほど弱いのです。

風邪など引いたことがないと言う人ほど、いったん病気になったときには大病になりやすいというのはよく聞く話です。風邪を引かないと聞けば頑丈な体質のようですが、免疫がついていない分、意外ともろいのでしょう。適度に風邪を引いて免疫をつけている人のほうが、むしろ丈夫かもしれません。人生もこれと同じです。

「かわいい子には旅をさせよ」と言うように、小さいころからいっぱい転んで、いっぱい鼻血を出して、多少のけがも経験しておくことが、少々のことではへこたれない強い人間を作るのです。

私がつねづね、子育て中の親御さんに、子どもは「放牧」して育てましょうと言っているのもそのためです。早くから世の中のさまざまな人と接し、ありとあらゆる経験と感動を積んだ子どもは、この世を生きていくための免疫が身について、どんなマイナスの経験をも恐れない強い大人になれるのです。

「失敗は成功のもと」と昔から言うように、霊的視点から見ても、人生に失敗はありません。すべての失敗は、いつか達成する成功へのプロセスにすぎないのです。

失敗しない人は成功もしません。涙を流さない人は幸せもつかめません。

私も果たせなかった恋愛を、単なる悲恋に終わらせませんでした。

別れてまもなく、意を決してスピリチュアリズム研究所を立ち上げました。学びを深めるためにイギリスにもたびたび渡るようになりました。イギリスへの渡航には、当初はそうした傷心旅行の側面もあったのです。また、この道に人生を捧げようという決意を秘めた、出家に似た旅でもありました。

人生に「もしも」はないとは言え、スピリチュアル・カウンセラーへの道に勢いをつけてくれたこの「必然」には、いまでも感謝ばかりです。

愛情乞いからの卒業

ここまで読みながら、「江原さんは恋愛より仕事を選んだのか。けっこう潔いなあ」という印象を受けた人もいるかもしれません。

しかし当時は大変な修羅場でした。若者のご多分にもれず、生きるの死ぬのの大騒ぎです。若者というのは基本的に「ばか者」であり、私も当然そのひとりでしたから、「果たせなかった」という思いに泣きましたし、正直なところ、別れたあとも長く引きずりました。

若いときというのは、人生経験が浅いせいもあって、単純な被害妄想に陥りがちです。私もこのころは「どうせいつもそうなんだ」といったネガティブな思いぐせを強く持っていました。

両親を喪《うしな》った孤独や、十八歳から続いた数々の苦難を乗り越えて、ようやく出会えた愛。それさえも失った私は、ますます被害妄想を強くするという悪循環にあやうく陥るところでした。

しかし私は、そうはならずに済みました。なぜなら、徐々に気づいていったからです。どれだけたくさんの愛情を、彼女にもらっていたのかを。

たしかに彼女との恋愛は、私が望むような結末にはなりませんでした。深く傷つきもしました。けれども一歩大人になって考えてみれば、望みが叶わなかったというのは、私のただのわがままです。自分だけを主人公にして考えればたしかに悲劇かもしれませんが、そういう狭い見かたにとらわれているときというのは、往々にして相手のことを考えていません。

彼女との思い出を、時間をおいて一つひとつふり返ったときに、私は自分を心から愛してくれた彼女を感じることができました。自分自身の感情の揺れにふりまわされるばかりで見えていなかった彼女の愛の大きさを思い知りました。

まさにそのとき、私の「愛の電池」はたまったのです。あっけないほど瞬時に。

『幸運を引きよせるスピリチュアル・ブック』（三笠書房）などにも書いていますが、「十パーセントの愛がわからない人には、百二十パーセントの愛もわからない」のです。

人は貪欲な生きものなので、百パーセントどころか百二十パーセントの愛を相手に求めてしまうものです。けれど、十パーセント、いえ一パーセントでも、その愛に気づく感性のない人は、たとえ百二十パーセントの愛をもらっても気づくことができないし、まして感謝もできません。百二十パーセントの愛を受けていながら、本人の「愛の電池」がたまっていないという悲しい状況になってしまうのです。

その反対に、たとえ一パーセントの愛であっても、それに気づいて心から感謝できたときに、「愛の電池」はあふれるくらいに満たされます。

私は、別れた彼女が私の仕事を理解してくれなかったことや、結婚という夢が果たせなかったことにばかりこだわって、彼女の愛への感謝を忘れていました。

思い出のなかの彼女に感謝して「愛の電池」が満タンになったとき、私は愛情乞いをようやく卒業することができました。

「ほんとうの愛とはなにか」の答えを悟ったからです。

ほんとうの愛とは「与える愛」です。「ください、ください」と言って、相手に求める愛ではありません。一方的にただ与えるだけの「大我の愛」です。

そう悟った私は、人から愛をもらおうとは思わなくなりました。愛を得たい気持ちを捨てたのです。

寂しく聞こえるかもしれませんが、愛をあきらめたわけではありません。むしろその逆で、今度こそほんとうの愛で誰かとつながれる可能性が、このとき私の目の前に開けたのでした。

第五章　妻はともに闘う同志です

霊視の映像に私がいた

妻と出会ったのは、この道に専念して生きていこうと決め、スピリチュアリズム研究所を立ち上げてまもなくの、私が二十四歳のときでした。

彼女はまだ二十歳そこそこで、ある日私の事務所に相談者としてカウンセリングに来たのでした。友だちもいっしょでした。彼女の相談は卒業後の進路や恋愛についてが主でしたが、若い女性の常《つね》として、将来の結婚についても尋ねてきました。

そこで霊視に意識を集中させると、視《み》えたのはなんと、私自身の姿でした。びっくり仰天したものの、その場では努めて平静を装い、「フリーランスで仕事をしている男性ですね。その人のもとにはたくさんの人が訪ねて来ます。苦労して育った人のようですよ」などと答えておきました。

いまだから明かせる、このときの私の正直な感想は、「自分自身の姿が視えるなんて。連日のカウンセリングでよほど疲れているのだろうか……」でした。

それから四年ほど、彼女とは一度も会いませんでした。しばらくアメリカやカナダに留学していたようです。いっしょに来た友だちのほうは、そのあいだもたびたびうちに相談に来ていました。

その友だちがあるとき、彼女がアメリカから帰国してアルバイトを探していると教えてくれました。「それならうちに来ませんかと伝えてください」と、私は即座に答えました。あとひとりぐらい人手がほしいと思っていた矢先だったので、渡りに船でした。そして彼女はすぐにうちの事務所で働き始めました。

あとになって、妻とこのころをふり返って雑談していたとき、不思議なことがわかりました。妻が友だちにアルバイトを探していると話した時期と、うちが人手を求めていた時期に何か月かのギャップがあるのです。彼女がアルバイトを探していた時期には、うちの人手は足りていました。また、うちが人手を求めていた時期には、彼女はもうアルバイトを探していなかったようです。どこからそういうずれが生まれたのか、真相はいまだにわかりません。

いずれにしても、この「謎のギャップ」が私たちの結婚の大事なきっかけを生んだのですから、ありがたい「必然」として受けとめることにしましょう。

とんとん拍子にゴールイン

彼女が事務所で働くようになってから、それほど経たないうちに私たちはつき合い始めました。結婚を意識し始めたのもすぐのこと。仕事帰りにお茶を飲んで話したりしているうちに、自然と同じ将来を語り合うようになっていたのです。

特別なデートもしないうちにプロポーズ。彼女がうちで働き始めたのは秋で、結婚式を挙げたのは翌年の春でしたから、世に言うスピード結婚でした。

結婚というのは、まとまるときには面白いようにとんとん拍子に行くものです。何年も長くつき合った末に別れてしまうカップルも多いのに、私と妻は不思議なくらいスムーズにことが運びました。気持ちに迷いはなかったし、霊的世界からの追い風も吹いたのだと思います。

私が妻との結婚を決意した一番の理由は、私の仕事を尊敬してくれたことでした。うちに来るようになってまもないころ、彼女はこう言ってくれたのです。

「江原先生のお仕事はすばらしいですね。相談に来られるかたは、みなさんほんとうにいいお顔になって帰って行かれます。私、そんな先生のお手伝いができて、とても嬉しく思っています！」

すでに書いたように、この仕事は私のアイデンティティーそのものです。私のそれまでの人生経験が導いてくれた、「これしかない」と思える唯一の道です。彼女はそれを心から尊敬してくれ、そばで手伝う自分のことも誇りに思っている。「この女性といっしょに生きていけたら」と思ったのはごく自然なことでした。

彼女の両親の反対もまったくありませんでした。親もなく、スピリチュアル・カウンセラーという世間にはまったく認知されていない仕事をしている男性との結婚を、すんなりと受け容れてくれたのです。

それには妻の実家の事情も影響していたかもしれません。

まさにそのころ、妻の実家は大変な状況におかれていたのです。両親にしてみれば、そのなかでわが娘が「この人」と思える男性に出会い、幸せになろうとしているのだから、反対する理由もないという心境だったのではないかと思います。

なにごとにも動じない「鉄人」

妻の両親はふたりとも地方の出身で、それぞれに苦労して育った人です。そのふたりが出会って結ばれ、東京のある町で事業を始めました。夫婦ふたり三脚でがんばった結果、一時期は区の長者番付に出るほどの成功と富を手に入れました。

子どもは三人。妻の上と下に男の子がいます。幼いときから三人の身のまわりの世話はお手伝いさんがしていました。両親がいつも仕事、仕事で忙しく飛びまわっていたためです。家に両親がいることはほとんどなく、妻は母親の手料理を食べたこともなかったようです。

一家は七ＬＤＫの豪邸に住んでいました。私たち夫婦がいまでは「バブルの塔」と冗談まじりに呼んでいるその家には、ひとり娘だった妻専用の茶室までありました。習いごとも留学も望みどおりにさせてもらえた子どもたちは、物質的には恵まれていたけれど、家庭の団らんを知りませんでした。

両親の事業は順調に拡大していきましたが、成功をきわめたとたん風向きが変わり始めました。夫婦間に亀裂が入り、商売も傾いてしまったのです。あげくにバブル崩壊の影響で、多くの財産を手放さなくてはならなくなりました。

そういう生い立ちのためか、妻には物欲がほとんどありません。もともとのたましいの資質でもあるでしょうけれど、ものやお金がありあまっていてもそれが結局は虚しいものだということが、経験から身にしみているのだと思います。特別なとき以外はほとんどTシャツにジーパンといったカジュアルな服装で、アクセサリーやブランドものをほしいと言ったことは一度もありません。夫としては少々張り合いに欠けるほどです。

いっときは一家離散に近い状態となった妻の家族は、長い歳月を経て、いま再び心の絆をとり戻しています。「国破れて山河あり」という、実に奥深い学びを経験した一家だと思います。

私と妻は、物質に関しては陰陽両極端の苦労を経験した夫婦だと言えるでしょう。私のほうは、家族の結束が固くても、物質的に乏しいなかで育ってきた苦労。妻のほうは物質面では恵まれたけれど、家族の団らんが乏しいなかで育ってきた苦労。よくできたもので、凸と凹がみごとに合致したふたりなのです。

妻のなにごとにも動じない大らかな性格も、私が結婚を望んだ理由のひとつでした。男ふたり女ひとりのきょうだいのなかでも妻が一番たくましく、「鉄人」と言われているほどです。

妻の鉄人ぶりを示す、こんなエピソードがあります。

数年前、ある週刊誌に、いわれのない私の批判記事が載りました。私が若いころに飼い猫を虐待していたという内容です。もちろん悪意に満ちたねつ造記事でした。私が喘息《ぜんそく》になったことで、猫アレルギーだと分かり、いたしかたなく妻の実家に引きとってもらったのですが、その猫はいまでも健在なのです。「週刊誌ってここまで嘘を書くのか」と、私は憂鬱な気持ちに沈みがちでした。

そんなある日、ある女性週刊誌の編集者から電話が来ました。一階の事務所の電話で私が話していると、当時わが家の居住空間となっていた二階で、飼い犬のラブラドールレトリバーが、よりによってというタイミングでジャーッとおもらししてしまいました。それを見た妻が、ものすごい大声で「ノー!」と叱ったのです。

電話の向こうの編集者にもしそれが聞こえていたら、例の記事を思い出し、「江原家は動物虐待一家か?」と誤解したのではないか。そう焦った私は、電話を切るなり妻にひとこと言いました。

すると、「でもしつけはしつけでしょう? 週刊誌に書かれたことにやましい気持ちがないんだったら、そんな小さいこと気にしない気にしない!」と、逆に叱咤激励されてしまいました。

私はどちらかと言うと、ものごとを細かく考えすぎるところがあります。しかし妻は大らかで豪快な性格。彼女のおかげで、結婚後に待っていた数々の苦難をも前向きに乗り越えて来られたのかもしれません。

夫婦で事務所を再スタート

結婚後、私はこの頼もしい妻に、スピリチュアリズム研究所の事務の大事な部分をまかせることにしました。二十四時間いっしょにいる妻が、研究所のもろもろのことを把握してくれていれば、私としてもとても助かるからです。事務もそれまでのスタッフから妻に引き継いでもらうことにしました。

引き継ぎにあたって私たちはあっと驚かされました。ずさんな事務管理だったからです。いくら私が世間知らずで人を信用しやすかったとは言え、親しくつき合ってきたスタッフに裏切られていたというショックは相当なものでした。

読者のなかには、「どうしてそんなことがわからなかったの？　江原さんってなんでも視えるんじゃないの？」と思った人も多いでしょう。

しかし、いくら霊能力があっても、自分に関することは視えづらいものなのです。なぜなら、私もひとりの人間として自分自身の経験と感動をもとに学びを積んでいくために生きているからです。自分の身に起きることを、霊界が先まわりして教えてくれるようなことはまずありません。

ずさんさを思い知らされた日から、夫婦のリヤカー引きが始まりました。スピリチュアリズム研究所、一からの建て直しです。

まず、当時いたスタッフ全員にやめてもらいました。問題があったのは事務の責任者ひとりだったので、ほかの人たちには心苦しくてなりませんでしたが、その人だけやめさせると角が立つと思ったのです。のちに私に対するねつ造記事が出ましたが、実はそれはその問題のあったスタッフによるものでした。

代わりとなるスタッフが見つかるまで、妻はひとりで事務のすべてをこなすことになりました。そのあいだに妊娠。おなかがどんどん大きくなるなかで、鳴り続ける電話をとり、山のような書類をさばくという多忙な日々でした。事務的なことはすべて、妻はこのときに一から勉強したはずです。

やがて信頼のおけそうなふたりのスタッフがうちで働いてくれることが決まり、妻から彼らにバトンタッチしたとき、おなかの赤ん坊はもう臨月間近でした。

とにかく無我夢中な日々でしたが、妻はやりがいを感じてくれていたようです。「これからは事務もきちんとやっていこう」と話し合い、うちを会社組織にしたのもこのときです。

そして長男が誕生しました。結婚からこのときまで一年足らず。妻と四年ぶりに再会してから数えても、わずか一年半しかたっていません。あまりにも目まぐるしい一年半でした。

短かった恋愛期間のあと、気がつけば親になっていた私たち夫婦。このときにはすでに、ともに闘う同志の結束のようなものが、ふたりのあいだにしっかりできあがっていた気がします。

結婚は「金山掘り」のようなもの

私はいつも著書などに、「恋愛は感性の学び、結婚は忍耐の学び」であると書いています。恋愛をしているとき、人は喜怒哀楽さまざまな感情に揺さぶられます。また、相手の胸の内を推し量る想像力が養われます。だから恋愛は、絶好の「感性の学び」になるのです。

世の中には結婚を恋愛の延長としてとらえる人も多いのですが、ふたつはまったく違います。そのことを理解せずに結婚すると、恋愛と結婚の切り替えがうまくいかず、夫婦間のトラブルも生じがちになります。

結婚については、『スピリチュアル・ブライダルブック』（マガジンハウス）などでも触れていますが、ひとことで言うと、結婚とは「忍耐の学び」なのです。現実の日常を地道に生きていくなかで、夫婦の絆を一歩ずつ築いていくのが結婚生活の本質です。育った環境や価値観がそもそも異なるふたりがともに生活するわけですから、忍耐力も磨かれます。

恋愛は「小我《しょうが》の愛」が多少強くても成り立ちますが、結婚生活はそれではやっていけません。いやがおうでも「大我《たいが》の愛」を発揮させられます。

結婚というのは、「金山掘り」とよく似ているのです。夫婦はさまざまな苦労に額に汗しながら、力を合わせて砂金を探すのです。

現実の結婚式において新郎新婦が交換するのは指輪ですが、このたとえで言えば、交換するのはつるはしです。「さあ、これからいっしょに金山を掘ろう！」と、つるはしを交換するのが結婚式なのです。

「たくさん掘るぞ！」と張り切るふたりも、結婚後は、掘っても掘っても一向に砂金が見つからない現実にぶつかります。それでもあきらめずに「今日こそは、今日こそは」と、耐えて耐えて掘り続けます。長い歳月のあいだには、その「今日こそは」が「今日こそ別れてやる！」になってしまうこともあるでしょう。

それでも心を離さずに掘り続けることができた夫婦は、やがて、わずかな砂金がきらりと光るのを見つけます。

「とうちゃん、ほら、砂金が見つかったよ！」

「きれいだな、掘り続けてよかったな、かあちゃん！」

そうやって喜び合うたびに夫婦の絆は深まっていくのです。

その砂金とは、ふたりが育《はぐく》む「大我の愛」です。小さな砂金を積み重ねる歳月の彼方に待っているのが「金婚式」なのです。

逆風が絆を強くする

　では、どこの夫婦も同じように金山掘りをしているかというと、そうではないようです。毎日が金山掘りという苦労人の夫婦、めったにつるはしを握らない仮面夫婦など、実にさまざまです。

　物質的に恵まれた「お幸せな夫婦」は、ともに力を合わせなければならない場面がなくても日常が流れていきます。夫の仕事は順調。子どもも元気で優秀。お金の心配もない。額に汗して金山掘りをする必要がありません。

　一見、理想の家庭のようですが、その分「大我の愛」が育まれるチャンスが乏しくなります。恵まれている状況に麻痺して感謝できなくなるし、平和すぎる日常に退屈して、いつのまにか心が離れていたということにもなりがちです。「幸せなカップルほどうまくいかない」とよく言われるのは、そういう理由からなのです。

　逆に、苦労の多い夫婦、ともに闘うべき相手がいる夫婦というのは、いやがおうでも結束します。心を離しているひまがありません。

　私たち夫婦はまさに後者の典型かもしれません。私の仕事の性質ゆえに生じる「逆風」がつねにあるからです。結婚後の約十五年間、私たちはたえず励まし合って逆風のなかを前進してきました。

　事務所兼自宅を自分たちで購入する前は、不動産を借りる苦労も並大抵ではありませんでした。おりしも世間を騒がせた一連の宗教事件が起きた後だったために、不本意ながら私の仕事もそれと一緒くたにされ、なかなか貸してくれるところがなかったのです。やっと見つかった物件は、家賃がなんと五十万円のゴージャスな一軒家。事務所と自宅を兼ねるとしても、私たち三人家族には広すぎる家でした。敷金と礼金、計四か月分の現金を準備するのにも苦労しました。

その家にいたときに、長男と三つ違いの次男が生まれました。妻は産後まもなく仕事に復帰し、赤ん坊を乗せたゆりかごを足で揺らしながら、次々にかかってくる電話に対応するという奮闘ぶりでした。

それでいて、子どもたちの存在をできるだけ相談者に気づかれないようにも努めていました。お子さんを亡くしていたり、望んでいてもできない相談者が来たら、子どもの声を聞いただけで悲しい気持ちになるのではないかと思ったからです。カウンセリング中は、妻と子どもたちは奥で声をひそめて生活していました。

失うたびに飛躍してきた

事務的問題だけではありません。お金に関する苦労も山ほどありました。未払いの憂き目にあったこともありました。すべての恩をあだで返されることもありました。

しかしそんなときも、私たち夫婦は「もういい、あのお金はなかったことにしよう」と言い合って乗り切りました。なぜ追及しなかったかと言うと、私たちをだました人にとっては、そのお金はしょせん自分の汗を流さずに手にした「あぶく銭」だからです。あぶく銭というのはあぶくと消えるのが世の常です。あぶく銭が手に入ったことで幸せになった人を、私は一度も見たことがありません。

そういうものだとも知らず、その人はみずからの世間を狭くしてまで、なまじそんな悪事を働いてしまいました。大きなマイナスのカルマを背負ってしまったのです。

カルマは必ず本人に返っていきます。だから私たちは、あとは天にまかせようと潔く放念することができました。

逆に私たちのほうは、マイナスの経験をした分、次にはプラスの経験に恵まれるといったことのくり返しでした。私たちの軌跡をふり返ると、逆風を克服するたびに飛躍してきたと言っても過言ではありません。

この世には「なにかを失えば、必ずその分のなにかを得る」という目には見えない法則が働いているのです。それが霊的真理「八つの法則」のひとつ、「カルマの法則」です（詳しくは新潮社刊『スピリチュアルな人生に目覚めるために』参照）。

なにがあろうと人生は差し引きゼロ。そのことを信じて生きられれば、理不尽なことがあっても腹を立てて悶々とすることがなくなります。そんなことに時間を使うより、そこから得た学びをバネにして前に進んだほうがいいとわかるからです。その前向きさと努力は、必ずいい結果をもたらします。

だから私は、いつでも失うことを怖れません。失っても悔やみません。

何かのトラブルが起きたときも、起こるたびに「あの人はわざわざマイナスのカルマを背負ってまで、厄を持っていってくれたんだ」と自分に言い聞かせてきました。

「失うことを怖れない心が一番強い」

「怖れるものがないことがほんとうの幸せ」

これらは、さまざまな著書で語ってきた言葉ですが、そのどれも、こうした経験に裏づけられているのです。

情のもろさは私の課題

当然のことながら、こうした一連のトラブルに、私自身の非が全然なかったわけではありません。「意味のない災いはありません。すべてのことはみずからの波長とカルマが招いています」といつも語っているとおり、そのつど反省すべきところは多々ありました。

まず、何度も書いてきたように、私にはどこか「おぼこ」なところがあって、人を信じやすいということ。

また、いつも「責任主体で生きましょう」と言っていながら、多忙にまぎれて大事なことを人まかせにしていたこと。

そして、これは昔からのよくない思いぐせで、情にもろい性格だということです。

私には困った人を見ると放っておけず、つい面倒を見すぎてしまうところがあるのです。

しかし相手によっては、やがてそれを当たり前のように思い、どんどん増長して、そのうちに私を利用したり裏切る人もいました。いままでに何度もそんなことがあったのです。何度もあったということは、一度や二度の失敗からは学べなかったということです。情のもろさをまだ完全には克服できていないということ。どれだけ痛い目に遭っても、私は頭ではわかっていながらくり返してしまうのです。思いぐせというのは自分のたましいに刻まれた課題なので、そう簡単には克服できないものなのでしょう。

私の指導霊、昌清之命《まさきよのみこと》の言葉に、「涙目でものを見てはいけない。涙をぬぐったときにまことが見える」というものがあります。

感情に流されていては真実が見えない。理性をもって客観的にものごとを見きわめることが大切。そういう意味です。

これはそのまま私自身のテーマでもあります。私も未熟なひとりの人間として、まだまだ学ぶべきことが山積みなのです。

いまはもう、これまでの経験に学び、二度と同じようなトラブルが起きないよう「腹六分」を肝に銘じています。そして、つねにそのときそのときを誠実に生きるように心がけています。そうしていれば、たとえ何があっても後悔しなくなるからです。

それでも私は、結婚を機にずいぶん変わったと思います。困っている人の面倒を見すぎてしまう性格は、自分のなかに寂しさがあったせいでもあったのです。特に、前章に書いた悲恋を経て愛情乞いを卒業するまではそうでした。

しかし結婚して家庭を築いたいま、私には愛する家族に支えられているという自信があります。心が満たされていることによる余裕が、情におぼれない冷静さを与えてくれています。ふつうの夫婦は味わわないような苦難ばかりの結婚生活を、いつも元気に伴走してくれている妻には、心から感謝しています。

特別番外編

江原啓之夫人インタビュー「なんて大きな人だろう、と思いました」

これまでマスコミの前にはほとんど姿をあらわさなかった江原さんのご家族。今回特別に、夫人がインタビューに応じてくださいました。（編集部）

結婚相手は八百屋さん⁉

――江原さんと出会われたのは、個人カウンセリングにいらしたのがきっかけだと聞いています。そのときの様子についてくわしく教えてください。

もう二十年近く前のことになりますね。本当に一相談者として、友人に誘われてふたりで行ったんです。ちょっと緊張しながら階段をぽっぽっと上がって、事務所に入っていったのを覚えています。入り口を入ったところにキッチンみたいなスペースがあって、そこで問診表のようなものを書いて、アコーディオンカーテンの向こうで彼女が相談を受けているのを待っていました。そのあと私もカウンセリングを受けました。それまで他の霊能力者の方に相談したことはありませんでしたが、そういう霊的な世界はあるものだと自然に思っていたので、カウンセリングに抵抗は全くありませんでした。

実は当時、恋愛問題でどん底まで落ち込んでいたんです。それを友だちが心配してくれて……彼女は歌手のイルカさんと仕事上の知り合いで、いい人がいるからって聞いてきてくれたんですね。だからうちではイルカさんはキューピッドと言われているんです（笑）。

——第一印象はいかがでしたか。

とにかく、なんて大きな人なんだろう、と思いましたね。今以上に大きかったんです、あのころって。同時にとてもにこやかで、包み込んでしまうような大きさみたいなものを感じました。返ってくる答えもすごく心に響きましたし。

確か、その時の恋愛対象の人のことは「とまり木みたいな人」と言われました。本当の相手ではないんじゃないか、だからあなたもちょっと寄りかかりたいみたいな気持ちなんじゃないかと言われて、「なるほど」と思いましたね。

まだ私も若くて二十歳そこそこでしたから「私は結婚できるんでしょうか」なんて尋ねました。すると、「できます。自営業とか自分でお仕事やっている人ですね」と言われて、何を思ったか「八百屋さんですか」って聞いちゃったんです（笑）。「いや、うーん、ちょっと違うかもしれないけれど」って言ってましたね。周りに人がたくさん集まるような仕事の人、というようなことを。

——江原さんもそのときは、心の中はパニックだったんでしょうね。

でも、当時はそんな様子はみじんも感じませんでした。結婚しようということになった後しばらくたってから聞いてびっくりしました。

私がちゃんとカウンセリングを受けたのはその一回だけで、その後は落ち込んだりしたときに電話でお話しさせてもらって元気づけてもらったというか、そういうお付き合いでした。一相談者と電話で話すなんて、いまとなっては考えられませんが、あのころはまだいまほど忙しくなかったのでそんなこともできたんです。

そのあと海外に行ったりもして、四年ほど会いませんでしたので、その間はちょっと疎遠になっていた気がします。きちんと相談もせず、「それじゃ行ってきます」というような感じで旅立ったので、少しびっくりしていたんじゃないでしょうか。あとは手紙を書いたり、クリスマスカードを送ったりという程度の交流でした。

あるとき、友だちに何気なく「何かいい仕事ないかな」と話をしたら、その時は何もなかったんですが、しばらくしてもう一度聞いてみたら「江原先生のところで人が足りないらしい」と。それで面接に行って、お手伝いをさせていただくことになりました。一九九二年の九月か十月ごろのことです。

再会から七か月のスピード婚

事務所ではカウンセリングに来た方へのお茶出しや予約を受け付ける電話のサポートなど

をしていました。当時はちょうど佐藤愛子先生との対談が「女性セブン」に連載された後ぐらいで、他の雑誌にも少しずつ出始めていたころ。一日四、五人というペースでカウンセリングを続けていました。一日中一歩も外に出られないこともよくありましたし、気がついたら、もう夜になっているような忙しさでした。

――相談者として接していたときと、ご一緒に働くようになってからの江原さんとは印象は変わりましたか。

どなたも受ける印象だと思うのですけれども、本当にやさしくて、いつも笑っている人なんです。それがスタッフとして接するようになって、なんて自分に厳しいんだろうと思いました。例えばカウンセリングのことでも、こちらは一日四人とか五人でも、ご相談者のかたにしてみれば大事な一時間ですよね。本当は時間とともに疲れてくるんでしょうけれども、それを奮い立たせて、一日中同じテンションをキープして、いつも最高のコンディションでカウンセリングをすることを常に心がけている姿勢を見て、すごく大変なことだな、と。

――それで、好意をもたれたということですか。おふたりがつき合い始めたのはいつごろなんでしょう。

いつからなんでしょう。私にもよくわからないんです。どっちがアプローチしたということもなく、自然と交際が始まっていました。江原は、最初事務所に住んでいたんですけれど、ちょうど私が入ったころ住まいだけ引っ越したんです。それで、家まで帰る道すがら一緒にぶらぶら歩いたり、お茶を飲んだりはしていました。自宅を通り越して駅の方まで送ってくれたりもしましたね。遠出して遊びに行くとか、お休みの日に会うとか、そういう普通のデートっぽいことはなかったと思います。少なくとも、私の記憶にはない。だからその帰り道の時間が、もしかしたら私たちのデートみたいなものでしょうか。かといって他のスタッフに隠れてこそこそしていたわけでもないんですけれど。

もともと「先生」と相談者の関係でしたから、雲の上にいる人を下から見上げるような感覚でずっと接していたんです。でも日々そうやって話をしていく中で、人間的で等身大な部分に接することができて、少しずつ普通の男性に対するように、気持ちがだんだん近づいていったのかなと思います。すごく自然な感じでした。働き始めて三か月後ぐらいには、結婚という方向が決まっていたんじゃないでしょうか。自分でもよくわからないんですけど、背中を何かに押されるように決まったっていう感じです。描く未来が同じだったから、お互いの気持ちが近づいたのかもしれません。その当時は、外国に行けたらいいねとか、将来の話をして盛り上がっていました。でも、不思議なもので、あらら、って感じで、どんどん話が進んでいく。何事も決まるときは早いなと思いました。

実は、勤め始めたころは、他の人とうまくいかなくなったばかりで、全然結婚や恋愛に興味がなかったんです。それで「私はこれから仕事に生きます！」なんて言ってたら、江原に「そういうふうに言ってるときに限って現れたりするんだよね〜」と意味深に言われて、あ、あの言葉はそういう意味だったのか、と（笑）。

日枝神社での音楽婚

――奥さまはひとり娘だったとのこと。結婚を決められるときに、江原さんのご両親がいらっしゃらないことや職業のことなどは、ご実家では問題にならなかったのでしょうか。

そういうことには口は出しませんでしたね。心配はしていたでしょうが、娘が選んだ人なんだから、と信頼してくれている感じでした。口では、もらっていただけるならどうぞどうぞ、という感じで「クーリングオフはなしでお願いします」なんて言ってたんですよ。ひとり娘とはいえ兄と弟がいて、三人兄弟のように育ってきましたから、結婚をお互いに決めてそのつもりでやっていく覚悟ならかまわない、という感じでした。

「スピリチュアル」という言葉もまだあまり知られていなかったころですが、うちの家族たちは、そういう世界を受け容れていたのではないでしょうか。特に霊的なことを家族間で話し合ったことはないんですが、もともとそういうセンスを持っていたのかもしれません。江原の職業に対しても決して否定的ではありませんでした。

江原本人は、自分の仕事がある意味いかがわしいと思われなくもないことは認識していました。でも私にとっては世間に当たり前にある仕事のひとつ。それも人のためにつくす仕事だと思うし、そのサポートができるんならよろこんでやりたかった。来られた方がみんないいお顔になって帰られるのがうれしいと思っていました。江原は二十八歳、私が二十五歳のときに式を挙げました。

――結婚式や新婚旅行はどちらで。

赤坂の日枝神社です。当時日枝神社で式を挙げる人は、そのまま隣にあったキャピトル東急ホテルで披露宴というのが黄金パターンだったんですが、うちは神社の会館で質素に行いました。式場にお金をかけるよりも、もっと未来のことに使いたい、結婚式で見栄を張らなくてもいいと思っていました。

ただ江原本人はもともとクラシックの音楽が好きでしたので、音楽にあふれた式に憧れがあったようなんです。それで披露宴では、知り合いの声楽家の方のつてをたどって、入退場やいろんな音楽を全部歌手の人たちに生で歌ってもらったんです。曲目も丁寧に打ち合わせをして。紋付と打掛姿だったんですが、なぜかハレルヤコーラスの中で入場しました（笑）。

カウンセリングの予約がぎっしり入っているスケジュールの中で式を挙げたので、かなりばたばたしていました。翌日も午後から仕事でしたし、新婚旅行に行く余裕もなくて……。次の月に泊まりがけでディズニーランドに行ったのがそういえば新婚旅行になるんでしょうか。ディズニーランドというのは江原の希望だったと思いますが……子どもが生まれてから三人でイギリスに行ったのが実質的には新婚旅行といえるかもしれません。

――新婚生活はいかがでしたか。

はじめは二Kほどの広さのアパートに住みました。そのあと子どもが生まれましたが、その直前まで慌ただしく仕事をしていました。

――江原さんによると、奥さまの実家はとても広く、お茶室まであるとのこと。大きい実家から二Kのお住まいに越されて、生活の落差について考えられたりしませんでしたか。

そういう気持ちは全然ありませんでした。お茶室と言っても、そのときにはすでに物置と化していましたし。それよりも折々の自分たちの状況を見て、自分たちふたりのいまの力でできることを、分相応にするのが一番いいと思っていました。江原は、その時々の住まいを楽しむのが上手な人で、古い和室にじゅうたんを敷いたり、古い壁に布を掛けたり、そういうことを一生懸命考えるんです。いまの事務所のインテリアもみな彼の趣味です。

――事務所とお住まいはしばらく同じところにあったそうですね。

上の子が幼稚園にあがる前です。江原も何度も話していると思いますが、ちょうど宗教事件がおきて家を借りるのが大変でした。私もまた事務所に勤務するようになっていたので、生まれたばかりの下の子のゆりかごを足でゆらしたりしながら、事務仕事をしたり電話を取ったりしていました。その後引っ越したのですが、当時は事務所の上に住んでいたので、相談者のかたが家にいらっしゃるときは声を出しちゃいけないとか、足音も立てないよう注意したり。正直、子どもには少しかわいそうなことだったかもしれません。お友だちを呼んではしゃぐこともできないですから。その分、お友だちの家へ行って羽を伸ばさせてもらっていたようです。

――事務所を、借りるのではなく現在のように自分たちで建てるというのは、以前からの念願だったと聞いています。

そうですね。なかなか貸してもらえない苦労もありましたから、購入することは夫婦にとっての念願でした。

古きよき日本のお父さん

――お子さんについて聞かせて下さい。

中学生と小学生の男の子ふたりです。

――江原さんは家ではどんなお父さんですか。

うちは結構厳しい父親です。ふだんめったに怒りませんが、怒ると厳しいですし、声も大きいですからね。あの声でバアーンと言われるだけで結構迫力があります。時々、私まで怒られているように感じることもありますね（笑）。その後、核心を衝くようなことをズバズバッと言いますから、子どもたちはお父さんといるときはちょっと緊張するようです。ぴっと背筋が伸びている。もちろんそのときどきの雰囲気で、ふざけて甘えたりとかはしますが、基本的に〝古きよき日本のお父さん〟といった感じですね。留守がちでも、父親の存在感はすごいんです。

――ご家族でご飯を食べる時間はありますか。

週に一回、二回ぐらいでしょうか。朝は子どもたちが先に学校に行きますから一緒に食卓を囲めるのはもっぱら夜ですね。江原も料理が得意で、もうちょっと時間に余裕があった頃はよく台所に立っていました。いまだに子どもたちも、「パスタ料理は絶対パパのほうがおいしいよね」なんて言ってます。私があまり家事が得意でないせいもあるんでしょうけど、家族の中では男三人対女一人なので、やや分が悪いことも……。息子って普通母の肩を持ってくれるものじゃないかと思うんですけど、うちは、ふたりとも父につくんです。江原は、自分も含めてこの三人がマトリョーシカみたいだとか「親子トド」などと言っていますが、まさしくそんな感じです（笑）。親子で寝ているところなんかは、体型もどこか似ていて、ほほえましいです。

——家族のルールみたいなことはあるんでしょうか。

食事のとき、自分が食事を終えても勝手に席を立ってはダメというのはあります。終わったからといって自分だけテレビを見たりしないで、ということです。でも、あとは一般的なしつけと同じで、特別なことはしていません。

ただ、お墓参りやお盆の行事などは小さいころから一緒にやってきました。ちゃんと手を合わせて挨拶して、何かあったときはちゃんと報告して謝ったりするということですが。

——家でスピリチュアルなことを話されることはありますか。

あまり具体的な話はしませんが、会話の端々に出ているとは思います。「自分でまいた種は自分で刈り取らなくちゃいけない」とか、「どんな行動もいつか自分に返ってくるんだよ」とか。「親や先生が見てないからって何をしてもいいってことはない」ということはよく言っています。「カルマ」という言葉が出てくるときもあります。

——お子さんたちはお父さんをどういう人だと認識しているんでしょうか。テレビを見たり、本を読んだりということはありますか。

本をたくさん出しているというのはなんとなく知ってると思います。テレビも時々見ていますが、すべてをきちんと見ているわけではないですね。どちらかと言うと、バラエティ番組に出ているときのほうが熱心に見ていますね。どうやら、父親よりも共演者の方に興味があるみたいです。いつかきちんと本も読んで、理解できるようになってくれればと思っています。

また、「スピリチュアル・ヴォイス」などの公演には、学校と重ならない限り連れて行っています。でも子どもたちがどう見ているかはわかりませんね。きょうお父さん歌ってたよねとか、あのとき何か言ってたよねとかは話したりはするんですけど、わりと淡々と見ているようです。

――奥さまは江原さんの本は読まれますか。

はい。ただ本を読むのが遅いので、のんびりと読んでいます。それぞれが異なるテーマですからどれが一番というのはありませんが『江原啓之のスピリチュアル子育て』は印象深いですね。読みながら、我ながらできてないな、と反省したことをよく覚えています。

――夫が書いた本として読むというより、自分に引きつけて読むという感じでしょうか。

どちらの部分でも読んでいるかもしれません。江原が書いた著書として読む部分と、一読者としてスピリチュアリズムのことを学びながら読むという部分と、両方で読んでいますね。本だけではなく、公演もテレビも両方の目線で見ています。

——江原さんの言葉で好きなフレーズがあれば教えてください。

あまり考えたことはないのですが……そうですね、「ぼやぼやしてたら死んじゃう」でしょうか。私自身がのんびりしているので、それを言われると、ドキッとしちゃうんです。

——とてもお忙しい旦那さんと毎日を過ごされる中で、何か気をつけていらっしゃることや大変なことがあれば教えてください。

とにかく食事面ですね。ふだん外食が多いですから、バランスには気を配っています。ダイエットもできるだけしていこうと思っていますので、薄味にすることと、野菜や海藻を多く摂るように心がけています。忙しいとはいっても毎日お父さんの帰りが遅いお家もたくさんありますから、うちだけが大変ということはないように思います。

お互いの目標がどこかで繋がるような

——江原さんの活動は二〇〇〇年ぐらいから広がっていったという印象がありますが、そのことについてはどうお考えですか。

本人がやりたかったこと、ずっと思い描いてきたことを一つひとつやっていっているので、よかったなと思っています。

——それに従って、バッシングも増えていきましたね。

最初のころは私も落ち込みました。何でこんなふうに知らない人から言われなきゃいけないんだろう、この人たちは私たちの何を知っているんだろう、と。悔しくなったこともありましたけど、でも世間に出ている分、それはある程度しょうがないことだとも思います。

いつも江原とも言っているのですけれども、行動をちゃんと示して、理解してくれる人が理解してくれれば、それでいいじゃないかという気持ちなんです。意地悪な口調で書いていても、実際、書かれているようなことはしていませんから、一生懸命やっていれば、見ている人が判断してくれる。そう思って、いちいち心を乱されないようにと思っています。

――これからの江原さんの活動について、またプライベートについての希望や思いがあれば教えて頂けますか。犬の散歩に行ってほしい、とかでも結構ですので。

あ、散歩は行ってほしいかも（笑）。まあそれは冗談ですが、少し身体のことは考えてほしい。やはり身体を第一に、仕事もペース配分を考えていってほしいなとずっと思っています。長くやってもらうためには、うまく仕事をセーブして、体調だって管理していかなければいけないでしょうね。とにかく無理しすぎないようにしてほしいです。去年も入院していますし。

ちょうど「スピリチュアル・ヴォイス」の大きな公演が終わった直後だったんです。最初風邪だと思いました。九度ぐらいの熱が出て、その後も熱が下がったり上がったりで、なかなか治らずかなりつらそうで……。本人が一番ショックだったと思います。公演では、話すのと歌うのと両方同時にやるわけですから、もともと身体に負担がかかっているとはわかっていたんでしょうけれども、それがきっかけで今後の活動を考えはじめたんじゃないでしょうか。

——ご自身はこれからどういう風に生きていきたいというようなお考えはありますか。江原さんはホスピスを建てたいなど福祉のことに興味があると聞きましたが、奥さまもそういうお気持ちはありますでしょうか。

福祉のことについてはまだ本格的に勉強しているわけではありませんが、どういうことができるのか少しずつ調べ始めている段階です。それが江原を手伝うことに最終的につながればそれはそれでいいですし、それとは別に自分は自分として、何か人のためにできるようなことがあればいいなと思ってやっています。もちろん一緒にできれば一番いいんですけれども、そうでなくても決して、マイナスにはならないと思うんです。お互いの目標がどこかで繋がるような、そんなことができたらうれしいですね。

第六章　カウンセリングは苦行でした

個人カウンセリング休止の理由

私の仕事の原点はスピリチュアル・カウンセリングです。

いまは本の執筆や、テレビやラジオへの出演、講演や公演、音楽活動と広がってきていますが、すべての活動の基礎を築いてくれたのは、やはり一人ひとりの相談者と向き合って人生の問題をスピリチュアルな視点で解き明かしていくカウンセリングの仕事でした。

スピリチュアリズム研究所を立ち上げてから十数年にわたり、年間千件あまりの相談を受けてきました。内容は恋愛や結婚、家族の問題、仕事や病気、死にまつわることまで、実に多岐にわたっていました。ありとあらゆる人生の問題と向き合わせていただいたことは、私自身の人生の勉強にもなりました。

しかし個人カウンセリングはもう何年も前から休止しており、再開の見通しはありません。いま行っているカウンセリングは、霊的世界の存在を多くの人たちに実感していただくデモンストレーションとしてのカウンセリングのみ。具体的には「スピリチュアル・ヴォイス」などの公演で行う公開カウンセリングや、テレビ番組でゲストのかたに行うものだけです。それ以外は、どんなに親しいかた、著名なかたに対しても行っていません。例外はいっさい設けないと決めています。

そんな私に、「江原さんの使命は迷える人々を救うことでしょう？　テレビや舞台での活動もいいけれど、一刻も早くカウンセリングを再開してください」という声が少なからず寄せられます。

しかし私は、なんの意味もなくカウンセリングを休止しているわけではないのです。ただ単に忙しくなったから、個人カウンセリングに時間を割けなくなったということではありません。

出版物や放送などのマスメディアを通じて発言するようになったのは、ひとりでも多くの人に、自分自身の問題を霊的真理に照らして解決できるようになってほしいからです。つまり、霊能力者などによるカウンセリングが不要な世の中になってほしいという願いゆえのこと。誰にも依存することなく自立して生きられることが、人間にとって一番の幸せだと私は考えているのです。

霊的真理を理解すれば、大多数の問題は自分自身で解決の鍵を見つけられます。とは言え、以前はその霊的真理の手引きが日本に乏しかったのも事実です。わずかにあるのは難解な本ばかりでした。だから私は、人事百般をスピリチュアルな視点からわかりやすく解き明かす本を次々に書いてきたのです。

いまでは私の著書も七十冊近くになりました。自分の悩みのテーマに合ったものを手にとっていただければ、霊的真理に沿った解決の鍵は見つかるはずです。

だからなおのこと、私には個人カウンセリングを再開させるつもりはないのです。

私自身に「使命感」はない

先述の言葉のなかにあったように、「江原さんの使命」ということをしばしば言われますが、これにもかなり違和感を覚えます。

意外に思うかもしれませんが、私自身に「使命感」はないのです。使命としてこの仕事をしているという意識はありません。

不条理なことが大嫌いな性格や、霊的真理を広めたいという情熱が、使命感と言えば使命感に通じるのかもしれませんが、あまりその言葉は使いたくないのです。どこか高みに立っている感じがするからです。

「江原さんのお仕事はすばらしい天職ですね」、「どうしたら江原さんのように天職に出会えるのですか？」などと言われることもあります。しかし私は自分の仕事を純粋な天職だとも思っていません。

拙著『スピリチュアル　ワーキング・ブック』（三笠書房）などでもお話ししているように、

仕事には「適職」と「天職」があります。
「適職」とは、自分の持っている技能を生かし、生きるためのお金を得る仕事のこと。
「天職」とは、自分が好きで好きでたまらないことをすること。それによってみずからのたましいが喜び、結果的にまわりの人たちのたましいも喜ぶような仕事のことです。天職は趣味やボランティア活動で発揮されることが多く、そこからはお金を得られないのがふつうです。と言うより、お金が介在すると、その時点で純粋な天職とは呼べなくなるのです。

この定義からすれば、私の仕事はやはり適職なのです。この仕事から生きるためのお金をいただいてもいるからです。

霊能力者と言っても、私もふつうの生身の人間です。霞を食べて生きていけるわけではありません。養うべき家族もいますし、スタッフ八名を抱える中小企業の社長でもあります。ですから、まずは適職をしっかり持ち、いただいたお金の分の義務を果たすことが一番大事だと肝に銘じています。そのうえで、適職のなかにも天職の要素をこめてお仕事させていただこうというのが私の基本的な姿勢です。

気負わないのは「お役目」だから

では、私自身が自分の仕事をどのようにとらえているのかというと、ひとことで言えば「お役目」です。今回の人生ではこういう立場を選んだという意味で、「当番」と言ってもいいでしょう。

私のたましいは、自分が生まれる前にあの世で決めた「お役目」を忘れないように、わざわざ数奇な生い立ちを選び、苦悩の末に霊的真理に出会うに至った。その流れは必然だったわけですから、「使命」というのは気負いすぎのような気がするのです。やはり「当番」というのがちょうどいいでしょう。「私、ごみ当番なんです！」、「今回の人生ではお掃除当番です！」と言って気負う人がいないように、私もこの人生に気負いを持っていません。

気負いを持てば、それもまた依存になってしまうのです。そうすると、つまずいたときや行き詰まったときに、よけいな挫折感を抱いてしまいかねません。ただ淡々と、肩の力を抜いてやっていくことが一番大事なことだと思っています。「人生は匍匐前進《ほふくぜんしん》」が私のモットーなのです。

日本人にとかく多いのは、仕事に気負いを持ちすぎる結果、うまくいかなくなったときに立ち上がれなくなってしまうというパターンです。そのためにうつになり、自殺願望まで持ってしまうのは、特に男性に多いのではないでしょうか。

厳しいようですが、そういう人は仕事に依存しすぎているのです。会社などへの帰属意識が過剰なのです。仕事は自分の「お役目」であっても、人生のすべてではないはずです。いい仕事をしたいなら、適職のなかにできるだけ天職的な要素を入れていけばいいだけ。きまじめな人はそれ以上のことを求めるから苦しくなるのです。

きまじめな人には、ぜひ「天職」を持ってほしいものです。「適職」と「天職」は車の両輪のようなもので、大きさのバランスがとれていればスムーズに前へ進みますし、行きづまって転ぶこともないからです。

私が歌を歌っているのには、実はそういう理由もあります。歌は私の天職です。もっとも最近はCDを出させていただいてもいますから、適職のひとつにもなっているわけですが、やはり基本的には、自分にとって歌は天職だという意識があります。

歌は楽しいし、つい夢中になって時間を忘れてしまうほどの情熱もあります。仕事だけに追われてしまいがちな日常にあって、自分は仕事をするためだけに生まれてきたのではないということを思い出させてくれます。

私が自分の「適職」に依存しない理由は、もうひとつあります。

それは、現世では霊能力者として注目されている私も、死んであの世へ帰れば「ただの人」だということです。

あの世に帰れば万人が霊能力者になります。みんなが当たり前のようにテレパシーでコミュニケーションしていますし、想念が即座に実現する世界ですから、ほしいものはすぐに手に入り、行きたい場所へも瞬時に移動できます。私が語る霊的真理「八つの法則」もあちらの世界では自明のこと。なにも珍しいことではないのです。

あの世で私がただの人だというのは、日本では英語が得意で英検一級を持っているような人が、アメリカへ行けばただの人になるのと同じです。アメリカでは小さな子どもでさえ英語を流ちょうに話しています。

語学力を武器に海外へ渡った経験がある人によく聞くのは、「語学だけではなんにもならなかった。その言葉でなにを語れるかが大事。語るべきなにかを持っていることのほうが大事だとわかった」という言葉です。

だから私も、「せっかくこの世に生まれてきたのだから、個人としての自分の人生も充実させなくちゃ」と思っているのです。この世の名所をめぐり、この世の景色をたましいのアルバムにおさめ、「経験と感動」というおみやげをたくさん手にして、いつかあの世に帰りたいのです。

物質主義的価値観にとらわれた相談ばかり

「個人カウンセリングを一日も早く再開して、私たちを助けてください」という声に私の心が動かされないのは、長年のカウンセリング経験から得た実感として、九割五分以上の相談が、霊能力で対応するまでもないことだったからでもあります。

霊能力が必要だったのは、たとえば重い憑依に遭っていて、一刻も早い浄霊を必要としていた人たちです。そのときはドラマの「ＥＲ」さながらに急いで浄霊したものでした。

憑依というのは、私に言わせれば特別なことでもなんでもなく、実は誰もが日常的に経験していることです。たいていの憑依霊は、憑かれた人間の波長さえ上がれば自然に離れていきます。しかし、本人の力だけではどうにもならないほど重度の憑依になると、応急処置として浄霊が必要なことがあるのです。

　また、現実面で絶体絶命の大ピンチに陥っている人たちもいました。やはり「なんとかしなければ」と思ったものの、その場合に求められるのはケースワーカーとしての役割で、本来は霊能力者の出番ではなかった気もします。「役所に行ってこういう手続きをしなさい」、「最近はこういう制度もあるんですよ」、「専門医の診断をあおぎなさい」といった話になり、霊的法則云々どころではありませんでした。

　このほか、亡くなった人からのメッセージをご遺族に伝えられる喜びというのはありましたが、あとの大多数は、物質主義的価値観による我欲を叶えたいという相談ばかり。しかも本人が努力と実践を惜しまなければ「なんとかなる」はずのものばかりでした。

　若い女性なら恋人がほしい、結婚したいといった内容。そう願っているわりには憮然とした態度で、ろくにあいさつもできない人もいました。霊視するまでもなく、「これでは彼氏ができないのも当然だよな」と思ったものです。

　年配者からの相談に多かったのは、どうすれば財産を少しでも多く相続できるか、どうすれば商売がうまくいくかといった内容でした。

　人間関係の悩みもずいぶん聞いたものです。人間関係はやはり、人生の学びのなかでも重要なテーマなのでしょう。

　ほとんどの相談者に共通していたのは、「自分が悪い（かもしれない）」という発想に欠けていることでした。誰かやなにかのせいにするという被害者意識にすっかりとらわれているので、自分自身の非を省みてもらうことは、一時間やそこらのカウンセリング時間ではとうてい無理でした。

カウンセリングをやればやるほど、スピリチュアリズムの本質からかけ離れていく自分を感じていました。ひとりでも多くの人に霊的真理に目覚めてもらうために始めた仕事だったのに――。

それでも目の前にいる相談者には、なにも答えないわけにはいきません。つねに自分との葛藤の連続でした。

小我を満たしてしまうジレンマ

もっとも困らされたのは、私を全知全能の魔法使いかなにかだと勘違いしている人たちです。たとえば「外交官と結婚して、外国で暮らしたい」という女性がいました。

霊視をすると、そのための努力をしているわけでは全然なさそうです。単なるわがままで言っているのです。そこで、やんわりと「それは叶いません」と答えると、「そんなことを言うのが霊能力者なんですか？」、「私は客なのよ！」と言い出すのです。

妻子のある男性を好きになったという女性もいました。ふり向いてもらえないが、つき合うにはどうしたらいいかという相談です。

私は「無理だからあきらめなさい。相手はあなたのことをなんとも思っていませんよ」と、霊視の結果を正直に言いました。一日も早くあきらめさせたほうが本人のためだと思ったからです。ところが彼女は、いつまでも「でも」、「だって」をくり返し、いっこうに引き下がろうとしません。「だめなものはだめ」という単純なことをわかろうとしないのです。

そういう人たちへの私の態度ははっきりしていました。時には、「おわかりいただけないならどうぞお帰りください」と、相談料をお返ししてひきとっていただいたこともありました。そんなことがあるたび、「霊的真理を伝えるどころではないこんなカウンセリングを続けていていいのだろうか」と、悶々と悩んだものでした。

私に霊能力があるものだから下手にたよられて、かえってみなさんの成長を妨げているのでは？

大我《たいが》に目覚めてほしい一心でカウンセリングを始めたのに、相談者の小我《しょうが》を満たすという皮肉な結果になっているのでは？

そんなジレンマに日々苦しみました。

相談者から後日いただくお礼状も、「おかげさまで人生観が変わりました」というものならうれしいけれど、「先生のおかげでお客様が来るようになりました」などと書かれてあると、喜んでいいものかどうか、複雑な気持ちになりました。物質的な繁栄を後押しするためにスピリチュアル・カウンセリングをしているわけではないからです。

自分の仕事が虚しくなってしまいそうでした。

相談予約日の恐怖

個人カウンセリングは、「人間の身勝手さ」を学ぶ場でもありました。

まず閉口させられたのは、予約が入らないというクレームの嵐です。

メディアに出る以前から、カウンセリングへの予約は口コミだけで常時あふれかえっている状態でした。

ある時期は、月に一度「相談予約日」というのを設けて対応していました。のべつまくなしに予約を受けていたら半年以上先まで埋まってしまい、親しい人の冠婚葬祭にさえ出られなくなっていたからです。

相談予約日には、翌月の一か月分の予約を受けつけました。その日のわが事務所は戦場のようでした。受付開始の時間から、すべての予約枠が埋まるまで、電話は鳴りっぱなし。スタッフは昼食もとれません。予約が埋まったあとは「締め切りました」という内容の録音テープを流していました。

ほんとうに大変だったのは翌日以降です。

「会社を休んでまで電話をかけ続けたのに通じなかった」

「半日以上プッシュボタンを押し続けたせいで指が痛くなった」

「私はいまこんなに大変だというのに、順番なんて待っていられない！」

なかにはぞっとするような、脅迫電話まがいのものまでありました。

その一つひとつに、スタッフたちはていねいに対応しなければなりませんでした。

そういう電話をかけてくる人たちは、「人を押しのけてでも幸せになりたい」という小我の持ち主ですから、幸せになれないのも「カルマの法則」から見て当然なのです。

また、なかには高慢な態度をとる相談者もいました。

スピリチュアリズム研究所を立ち上げた当初は、相談は一日にふたりと決めていました。時間はひとり二時間とし、料金は「お気持ち」にしていました。

すると、「お気持ち」が百円玉ひとつという人が、少なからずいたのです。お金に困っている人たちではありません。ごくふつうの水準の生活をしている人たち。なかにはブランドもののバッグを持ったOLやマダムもいました。

その当時はまだ独り身だったとは言え、私にも最低限、生活するためのお金が必要です。家賃だって払わなければなりません。「あなたは人助けのためにやっているんだから」と言われても、一日二百円では肉体を維持することも困難です。

うちの事務所をじろじろと見まわして、「ここは仮営業所ですか?」などと嫌みを言うお金持ちの奥様もいました。

このままでは私のなかに不満がたまってしまってよくない。そう思い、こちらで相談料金を設定するようになったのです。

その料金も、研究所の拡大にともなうスタッフの増員や、先述したように超高額の家賃のオフィスしか借りられなかった事情などにより、苦渋の決断にて上げるしかありませんでした。

外出できないストレス

はじめはひとり二時間だった相談も、予約がどんどん増える一方だったため、あるときから一時間ずつに切り替えました。

ひとり一時間を、一日に五人。「なんだ、たった五時間じゃないか」などと思う人はちょっと想像してみてください。

来る日も来る日も一日じゅう外に出られず、同じ部屋の同じ椅子に座っている。そこへ人々が重い苦悩を抱えてやってくる。それが一日に五人です。霊能力のあるなしにかかわらず、初対面の人と五時間も話すのは、かなり疲れることではないでしょうか。

しかもうちに来た人の多くは、自分からはほとんど話しません。私から出てくる言葉をただ受け身で待っています。自分から話したら、その分、時間がもったいないと思うのかもしれません。また、なかには、自分からはなにも話さずに、私がどれだけのことを言い当てるかを試す人もいたでしょう。

だから一時間ずっと、私から話し続けるわけです。

ただ、例外的な人もいました。一時間ずっと、とにかくひとりしゃべり続けるのです。よほど誰かに愚痴を聞いてほしかったのでしょう。女性によくいました。

逆に男性には、ずいぶんあっさりした人もいました。あらかじめ聞きたいポイントを決めてくるらしく、要点だけ聞き終わると、三十分もたっていないのに「わかりました、もう大丈夫です」と言って帰って行くのです。

そんな例外はあったものの、大多数は五秒でも十秒でもよけいに話したいという人たちでした。ですから単純計算で一日五時間とはいきません。ようやく仕事から解放され、さあ外に出ようと思ったときには、空はもう真っ暗。第一そのころには、自分がもうへとへとに疲れていました。

そんな毎日が続くとどれだけのストレスがたまるか、経験しなければわからないかもしれません。眠りに就いてさえ、夢のなかでカウンセリングをしていたこともあったほどです。

週に二日の休みを設けていても、急な仕事が入ったりして、なかなか思うように休めませんでした。

それに、カウンセリングには相当なエネルギーを消耗するため、疲れきったからだを休めるだけで終わってしまう休日もよくありました。霊的世界からのメッセージは波長がきわめて微細で、この物質界の粗っぽい波長とはまったく違うため、そうとう集中しないと正確に受けとれないのです。

もしあのまま個人カウンセリングを続けていたとしても、年齢とともに体力は落ちていきますから、一日に三件、そして二件と減っていったに違いありません。それぐらいきつい仕事です。

現在の私は分刻みのスケジュールで、今日は北海道、明日は大阪と目まぐるしく全国を飛びまわっていますが、案外それは苦痛ではありません。なぜなら、ふと気がつけば三日も家にこもりきりだったというような日常を送っていたこのころの経験から、外に出られる幸せを身にしみて感じているからです。

猛暑のなかのロケもあれば、嵐の日の移動もあります。それでも太陽がのぼっている時間に外の空気を吸える喜びはたとえようがありません。新幹線に乗っていても「窓の景色が動くっていいなあ」としみじみ思います。

講座形式で真理を伝えよう

カウンセリングで霊的真理を伝えるのはとても無理だという現実に早々に気づいた私は、純粋に霊的真理だけをレクチャーする場がほしいと思うようになりました。

ちょうどそこへ、霊的なことをもっと深く勉強したいという声が、常連の相談者や昔からの知人のあいだから出てきたので、彼らを対象に講座を開くことにしました。現在に続く「スピリチュアル講座」の原型となった「心霊サークル」です。

心霊サークルの研修会は、東京と横浜の計三か所で、それぞれ月に一度ずつ開きました。人数も十数人ずつといったアットホームな規模で、終了後は会場に提供していただいていた家でわいわいご飯を食べたりと、それは楽しい集まりでした。

やがて三つのグループの合同研修会を開こうという話が出て、私が奉職していた神社の大広間を会場に借りての「勉強会」が開かれるようになりました。ここでの勉強会は、参加者の急増のため、会場を大きなホールに移した平成十五年まで続きました。いまの「スピリチュアル講座」のように事前にチケットを買う形ではなく、当日いきなり来た人にも「ようこそいらっしゃい」という体制でした。ひとりでも多くの人に門戸を開きたかったのです。

参加者は年々増え、会場を移す直前には百人以上になっていました。畳の大広間は、人生の真理を学びたい人たちの熱気があふれていました。多くの人々に、いちどきに「人生の地図」である霊的真理を手渡すことができるようになり、「これこそ自分がしたかったことだ」と、私は心からの喜びを覚えていました。

講座形式でお話しする際に私が心がけているのは「笑い」です。それは会場が大きなホールになった現在も変わりません。

霊的真理は人生の哲学ですから、ともすると深刻で堅苦しい話として聞こえてしまいます。しかしそれでは人々の心に浸透していきません。だから私は、シビアな話ほどユーモアを交じえながら語り、みなさんに笑っていただくように心がけているのです。

「人間って未熟だからこんなこともあるよね」、「こんな失敗、みんなも身に覚えがあるでしょ?」というふうに、お腹を抱えて笑えるような事例を織り交ぜることで、霊的真理が身近に感じられ、たましいにやわらかくしみわたっていくのです。

それに、笑いというのは音霊《おとたま》としても最高のエナジーを持っています。「笑う門には福来たる」というのはスピリチュアルな視点から見ても真実なのです。

その効果も手伝ってか、勉強会の参加者はどんどん増える一方でしたが、それでも個人カウンセリングの希望者に比べれば微々たる数でした。霊的真理から人生の意味を深く見つめるよりも、自分の目先の問題を解決してほしい人が圧倒的多数だったということでしょう。カウンセリングにばかり何度もいらっしゃるかたたちには、「講座も開いているのでよかったらどうぞ」と、プリントを渡して案内してもいましたが、ほとんど効果はありませんでした。

私としては、ちゃんと霊的真理の基礎を理解してからスピリチュアル・カウンセリングを受けてほしかったのです。だから、勉強会参加者からの予約を優先的に受けつけた時期もありました。それはそれで、カウンセリング目当ての人たちが勉強会に押しよせるという問題が出てきましたが、講座に来てもらうことが第一と割り切って、目くじらは立てませんでした。

カウンセリングは対症療法にすぎない

くり返しになりますが、霊的真理を「人生の地図」として心に持てば、私のカウンセリングは不要です。

スピリチュアル・カウンセリングは、医療にたとえれば対症療法のようなものです。

人間のからだは、ある症状を対症療法で抑えても、根本の体質が変わらない限り、またなんらかの症状が出てくるものです。

人生のトラブルもこれと同じです。一度や二度のカウンセリングで当面の問題は解決できても、たましいがなにも変わっていなければ「のどもと過ぎれば熱さを忘れる」の言葉のとおり、また同じような問題か別の問題にぶつかるのが関の山なのです。それをただくり返すのは、カウンセリングする側と受ける側、両方にとって不毛なことではないでしょうか。

人生に意味もなくふりかかる災いはないのです。災いととらえてしまう幼稚なたましいから、大人のたましいに成長しなければなりません。

だから私は、ひとりでも多くの人に、スピリチュアルな法則を理解してほしいのです。人生で起きる問題の多くは、〝人災〟であることが多いものです。己の未熟さが引き起こしていることもあります。ですから、人はなぜ生まれ、いかにして生きるのかといった人生の本質を理解したうえで、目の前の問題についても、なぜこのようなことが起き、どうしたら解決に向かうのか、そこからなにを学ぶべきなのかを自分自身で分析できる人間になってほしいのです。そうすれば、未然に防げる災いもあるはずです。医療にたとえると、「予防医学」をみなさんに望んでいるのです。

全員がそうなれば、私の究極の目標である「霊能力者撲滅」となります。この世の中を「霊能力者いらず」にすることが、私からみなさんに贈ることのできる、一番の愛だと思っています。

もちろん、スピリチュアル・カウンセリングによってほんとうに救われる人がたくさんいることも、経験から知っています。「ほんとうに困っている人だけカウンセリングを受けられるようにしてはいかがですか？」という声もあります。

しかしそういう人だけを対象にカウンセリングを再開するというのも、現実問題としては無理でしょう。事務所に何千、何万という応募の手紙が来たときに、それを読むためだけにどれだけの時間が要るかわかりません。しかも一通一通の内容の深刻さをどういう基準で判断したらいいのか、いい知恵があったら教えてほしいものです。

それでも長年続けてきた理由

私にとってある意味で苦行だったスピリチュアル・カウンセリングを、それでも続けてこられたのは、「もういやだ。やめよう！」と思うたびに、決まって「続けてきてよかった」と思うような出来事があったからです。これも霊的世界のはからいだったのでしょうか。そういう出来事が一切なければこれだけ長くは続けてこられなかったでしょう。

つい先日の地方公演でも、ステージの上で「ああ、続けてきてよかった」と、しみじみ感じたばかりです。

私が数年来続けてきた「スピリチュアル・ヴォイス」という全国公演には、公開カウンセリングというコーナーがあります。会場の人たちから相談内容を書いた用紙を募集し、ステージ上でそのうちの数枚を無作為に選んで答えるというものです。

その日に選んだなかに、二十代の女性からのご相談がありました。お名前を呼び、ステージに上がるよう声をかけたのですが、実は一緒に会場に来ていたお母さんに、亡きご主人からのメッセージが届いていたのです。そこで、お母さんにも壇上に上がっていただきました。娘さんに抱きかかえられるようにしてよろよろと歩いていらした時点で、すでにお母さんは泣き崩れていたのです。

ご主人はずいぶん前に病気で亡くなったようです。夫婦の仲はとてもよかったらしく、死が近づくとご主人は、奥さんに「いっしょに死んでくれ」と言ったそうです。けれども奥さんは「子どもたちがいるから死ねない」と答え、ご主人の死後も女手ひとつで必死になって子どもたちを育て上げたとのこと。

しかし奥さんの心には、ご主人とのやりとりがずっとトラウマとして残っていたようで、「私は生きていてはいけなかったのか」とずっと悩んでおられたのです。とても重いお悩みです。

ご主人の霊はちゃんとステージに来ていて、私にこう打ち明けてくれました。

自分はもうすぐ死ぬという心細さから、妻に甘えてそんなことを言ってしまった。あの世にいるいまは「いっしょに死んでほしかった」などとは思っていない。あの言葉を後悔している——。

そうしたご主人のメッセージの一つひとつを奥さんに伝えていきました。

このとき大事なのは、霊視によって視《み》えた事実、たとえば「ご主人はこういう性格だったでしょう?」、「いつもこういう言葉が口ぐせだったでしょう?」といった、家族にしか知り得ないような事実を織り交ぜることです。私はこれを絶対に欠かしません。なぜなら、それこそがスピリチュアル・カウンセリングの核心だと思うからです。

奥さんは、私が伝えるご主人からのメッセージにより「生きていてよかったんだ」という安堵を得るでしょう。しかしそれだけでは不十分で、同時に「あ、この人には自分の真実が視えているんだ」という信頼を持ってもらうことが大切なのです。

なぜならその信頼によって、あの世の存在や、霊的真理に対する確信が、心のなかで揺るぎないものとなるからです。

たましいは永遠。

亡くなった人はいまも生きて、そばで見守っている。

いまある苦労は、たましいの幸せのため。

実感をともないながらそう確信できれば、それは相談者にとって生涯の宝となるのです。

奥さんは私の言葉に「そうです、そのとおりです」と言って泣くばかりでした。しかしその涙はしだいに感激の涙に変わり、ずっと心にわだかまっていた罪悪感もすっかり浄化されていくのがわかりました。

ご主人のほうも、思い悩む奥さんをずっと心配していたようです。なんとかして奥さんに「もう大丈夫だよ。ごめんね」と伝えなければと思い、私を媒体にしたのでしょう。

亡くなった人からのメッセージをご遺族にお伝えできるのは、スピリチュアル・カウンセラーにしかできないことです。こういう出来事があると、私自身もスピリチュアル・カウンセリングのすばらしさを再認識しますし、デモンストレーションとしてだけでも、今後もぜひ続けなければという思いを新たにするのです。

第七章　霊能力は失ってもかまいません

霊能力は二の次

私は世に言う霊能力者ですが、自分では霊能力をほとんど重視していません。霊能力者ではあるけれど、「霊能力主義者」ではないのです。

ですから、私をバッシングする雑誌記事などが「ほんとうに視《み》えているのか?」ということを過剰にとりざたするのには、いささか辟易しています。視えるかどうかはどうでもいいことです。そこにばかり関心を持つほうが、よほどオカルト的ではないでしょうか。私が一生懸命に活動しているのは、そんなレベルの関心を集めたいからではありません。

霊能力を信じる立場の人からも、「江原の霊能力はどのていどのものか」といった詮索をしばしば受けますが、それもよけいなお世話だと感じます。私は霊能力者としての力自慢を一度もしたことはないし、したいとも思いません。ずば抜けた霊能力者である必要もないと思っています。

私にとって大事なのは、自分が「これぞ真実」と確信した霊的真理を、ひとりでも多くの人にお伝えすることです。そのためのデモンストレーションに霊能力を活用できればいいと思うだけであって、この先、ある日突然霊能力を失ったとしてもなにも困りません。視えなければ視えないで楽になれるでしょう。「江原さんのようにいろいろと視える人になりたい」と言う人もいますが、視えることによる苦労を知らないから言えることだと思います。

霊能力を重視していない証拠に、私はふだんの生活では、霊に関することをほとんど口にしません。だから私と知り合った人は、「江原さんって、身近に接しているとふつうの人なんですね」と異口同音に言います。

霊感が強い人のなかには、日常のなかでもむやみやたらと「あなたのうしろに○○が視える」、「そこに霊がいる」、「いま、よくない気を感じた」といったことを言いたがる人がいます。霊感をひけらかしたいのだろうかと不思議に思います。

私は、なにが視えようが「だからなんなのさ」と思ってしまうほうです。霊がいるからなんなのさ。金縛りがなんなのさ。心霊写真もなんなのさ、というスタンスです。

なぜならここは現世だからです。「郷に入れば郷に従え」で、つねに現世にしっかり足をつけて生きるのが当たり前なのです。

「霊があなたにこう言っているから、いますぐこうしなさい」といったアドバイスをする霊能力者もいるようですが、霊の言う内容にもよるのではないでしょうか。

たとえば「おとうさんの霊が、あなたの浪費癖を心配しています。いますぐ生活を改めなさい」といったメッセージなら、素直に受けとめるべきでしょう。根底に愛があり、道理にも適《かな》っているからです。

しかし「おとうさんの霊がお酒をたっぷりほしがっているから、いますぐ仏壇にお供えしなさい」といったことは、むしろそのまま聞き入れてはいけないのです。霊が生前の飲酒癖をいまだに引きずっているということだからです。こういうメッセージを受けたら、「まだそんなことを言ってるの？　早く浄化しましょうね」と、愛情をもって叱咤激励するのがほんとうの供養なのです。

私たちこの世に生きる人間は、霊の操り人形ではありません。そもそも霊的世界は私たちを操ろうとはしていません。操りたがる霊がいるとしたら、それは未浄化霊や低級霊でしかないでしょう。

守護霊などの高級霊は、私たちの自主性を尊重してくれています。「あなたの思いどおりに現世を精いっぱい生きて、そこから学んでごらんなさい」と、大らかな愛で見守っているのです。

あくまでも現世が主体

私たちは自分自身の人生の主人公です。一人ひとりが「責任主体」として生きることがなにより大事なのです。だから私は、霊からのメッセージも冷静に分析し、「これは伝えなければ」と判断したもの以外は聞き流しています。

すべてのメッセージを鵜呑みにせず、そこに真実があるものとそうでないものを判別する。この作業を、心霊の専門用語では「自己審神者《じこさにわ》」と言います。

日本の心霊の伝統には「審神者」という優れた存在があります。その祖と伝わるのは『古事記』にも登場する武内宿禰《たけしうちのすくね》。神功《じんぐう》皇后の神懸かりの言葉を聴いたとされる人物です。

審神者の役割は、霊媒《れいばい》に降りた霊がどういう霊で、その霊言が霊的真理に照らして正しいかどうかを見極めたうえでこの世の言葉に解釈することです。いわば、あの世からの霊言をこの世の言葉に正しく翻訳するという、きわめて重要な役割です。すぐれた霊媒とすぐれた審神者が一対に組んだとき、高級霊界からのすばらしいメッセージがこの世にもたらされることになります。

自己審神者というのは、霊媒本人が審神者の役割も兼ねることです。要するに自分の霊的感覚を通して視えるもの、聴こえるものを、理性をもって客観的に分析すること。これができるかどうかが、霊能力者と、単なる「霊感者」の違いだと思います。

霊感が人一倍強い「霊感者」は世の中にごまんといますが、自己審神者ができなければ、その人は霊能力者ではありません。霊感も客観的に分析できなければ意味がないのです。

そう言う私自身、はじめからこうした考えを持てていたわけではありません。先述したように、大学時代に、ひっきりなしの心霊現象にパニックに陥ったときは、「あそこに霊がいる。ここにも！」などとそのつど口に出してしまい、友人たちを戸惑わせたものでした。あのころは視えたものの意味も、どう対処したらいいかも、なにもわからなかったのです。

しかしその後、師匠に出会って心霊の知識や技術を身につけるうちに、視えたものの分析と、必要な対処ができるようになり、なにも慌てなくなりました。

私が霊能力者でありながらあくまでも現世主体を心がけていることは、著書やテレビ番組などでの発言からも感じていただけるのではないでしょうか。だから、「霊的世界とか、霊能力とかはうさんくさくて信じられないけど、江原さんの言うことにはうなずける」と言ってくれる人がけっこういるのだと思います。

以前、ある読者の方からこんな「お叱り」をいただいたこともありました。

「江原さん、あなたは現代では珍しいほどまっとうなことを言っている。だから霊だのスピリチュアルだのと言うのはもうおやめなさい」

さすがにこれには苦笑してしまいました。

たしかに物質主義的価値観が基本の現世ではそのほうが楽かもしれません。「スピリチュアル」がつかない単なる「カウンセラー」と名乗ったほうが受け容れられやすく、イカサマだのインチキだのという批判も浴びずにすむでしょう。

それでも、霊的世界への言及なしに人生の真理を語るということは、私にはできないし、したくないのです。みなさんに渡したい「人生の地図」は、霊的世界ぬきには成り立たないものだからです。

「スピリチュアル」は私にとって絶対に捨てることのできないポイントです。「スピリチュアルなんて言うからいかがわしい」という理由で受け容れてくれない人が大勢いたとしても、自分のたましいを売るわけにはいきません。

あくまでも現世が主体。そのうえで、現世をより心豊かに生きるために霊的世界の真実をお話しするのが、私の役目なのです。

スピリチュアリズムは一種の哲学

私が広めたいスピリチュアリズムは、霊的世界を前提とした一種の哲学です。霊的世界を語る人は宗教界に多いけれど、私が語るのは宗教ではなく、どちらかと言うと哲学なのです。

そういうタイプの霊能力者は、この日本にはいままでほとんどいなかったのではないでしょうか。除霊だの因縁だのという言葉で人々を恐怖におとしいれる霊能力者ばかり。しかし私の態度は、心霊現象など「だからなんなのさ」で、あくまでも現世が主体だと言っています。いままでの霊能力者が生き神様のようにふるまい、人々を自分に依存させていたのに対し、私はまったく逆で、「責任主体として生きましょう」、「人生は自分しだい」、「霊能力者を撲滅しよう!」と言っています。

歴史上で私の立場にもっとも近いと思われるのは、僭越ながら、ドイツの思想家で、独自の人智学を提唱したシュタイナーしかいないかもしれません。

ルドルフ・シュタイナーの人智学は、スピリチュアリズムにとても近いものがあります。

ある意味、スピリチュアリズムと同じように、「オカルトでは？」という冷やかしを浴びかねない世界だとも言えます。しかしいまやその理論は、ヨーロッパでは教育や芸術などさまざまな世界に生かされています。ドイツ人の哲学好きな気質も関係しているのかもしれません。

しかし日本人は、哲学的な思考がどうも苦手なようです。私が『〝幸運〟と〝自分〟をつなぐスピリチュアル セルフ・カウンセリング』（三笠書房）などで、「十年後の自分をイメージして生きましょう」と語ってきたのも、ただ目の前のことに追われながら漫然と日々を生きている人が多いように見受けるからです。

目的地を決めるというのは絶対に必要なことなのです。ふだんの生活のなかでも、たとえば「十二時に〇〇駅の南口に着きたい」と決め、地図を持って家を出れば道にも迷わないし、ふらふらと寄り道して散財することも、悪い勧誘にひっかかることもないでしょう。人生も同じで、「十年後にはこうなっていたい」という目標を定めて生きていれば、無駄なトラブルは避けられるのです。

ただふらふらと生きていればトラブルに遭うのも当然で、いわば自業自得なのです。

それさえ因縁や祟りだと言って、人々を自分に依存させてきた霊能力者たちは、日本人の「哲学しない生きかた」を助長してきたのではないでしょうか。

忘れられないメッセージ

このように霊能力をなんら重んじていない私も、スピリチュアリズムに適った霊からのメッセージの数々にはつねに勇気づけられ、叡智をいただいてきました。それらはこの仕事をするうえで、また私自身の人生にも大いに役に立ちました。

たとえば私の母親の霊が、数年前のある晩、机に向かって仕事していた私の目の前に現れて語ってくれたメッセージがあります。これにはいまだに深く感心させられています。母はこう言ったのです。

「おまえ、苦労は買ってでもしろとよく言われるけど、そんなことないね。みんな、買ってでもしなければならない苦労をしていないんだよ。しているのは、身から出た錆みたいな苦労ばかり。私は苦労ばっかりと言っている人に限って、自分の悪いところに気づいていない。買ってでもする苦労というのは、身から出た錆のことじゃないよ。人のために身を削って生きる苦労とか、自分の限界を超えて向上するための苦労を言うんだよ」と。

「なるほど、いいことを言うなあ」と思いました。母のこの言葉は、私自身がカウンセリングしながら実感していたことでもあります。「私はなぜこんなに苦労が多いんでしょう」と聞く人に限って、自分自身の非に気づいていないのです。うすうす気づいていても変えようとしません。だから同じトラブルをくり返すのです。

私の指導霊である昌清之命《まさきよのみこと》のメッセージも、つねに示唆に富んだものです。

『スピリチュアル・メッセージ』シリーズ（飛鳥新社）では、生きること、死すること、愛することについて昌清之命の霊言を紹介していますが、他にもたとえば、教育について言及したこんな言葉もあります。

「教育とは、単に教えて育てることではない。教えとは、すなわち真理。幾多の経験を共有するなかで、真理をともに育《はぐく》むことを教育と言う」

この言葉などは子育ての基本として、私はいつも著書や講演で紹介しています。

ただ、人々が思うほど、私の守護霊は多くのメッセージをくれません。私のような人間はつねに霊的世界から指導を受け、それにしたがって生きているように思われがちですが、決してそんなことはないのです。普遍的な真理にまつわるメッセージを伝えてくることはあっても、私自身の人生について具体的になにかを言ってくれたことは、いままでに数えるほどしかありません。しかしその一つひとつはとても重く、いまでも心に刻まれています。

二十歳をすぎたころ、私は人生にどうしようもなく行きづまっていて、本書の冒頭でふれたように、「この苦境を乗り越えるために、道を示してください」と心のなかで叫んだことがあります。昌清之命の返事はこうでした。

「ここでわしが答えるのは簡単じゃ。しかし答えたら、ぬしの人生ではなくなる。ぬしはまだ若い。安心して一歩ずつ学べ」

このとき私は、具体的な答えをもらえなかった不満よりも、自分の主体性を尊重されているということをひしひしと感じました。昌清之命は、人は霊的世界の操り人形ではなく、つねに「責任主体」として生きるべきであるし、「責任主体」で生きることこそ人生の醍醐味であると、暗に悟らせてくれたのだと思います。

私のところに来た相談者たちは、わりと安易に守護霊が答えをくれることを望んでいましたが、それはよくよく考えると、自分の意志を放棄した、束縛される人生を望んでいるのと同じことなのかもしれません。

守護霊のほうは、その人が主体性をもって生きることをなによりも望んでいます。だから相談者の守護霊が、私に対して「いまの質問には答えなくてけっこうです。本人にとことん経験させて学ばせてください」といったメッセージを送ってくることもよくありました。

すべては必然

守護霊は私たちの自主性を重んじているので、手とり足とり面倒を見てくれるわけではないけれど、どんなときもちゃんと見守ってはいます。

そして肝心要《かなめ》のときや危機一髪というときには、手をさしのべてくれます。そのことも私は自分自身の経験から実感しています。

やはり二十代はじめのころのことです。

心霊について日々学びを深めていた私は、ある冬の寒い日、日本の心霊学の世界ではかなり著名な審神者である故大西弘泰《ひろやす》先生の講演会に出かけました。大西先生にお会いするのはこの日が初めてで、どんな先生が壇上に立たれるのか、どんなお話をされるのか、心から楽しみにしていました。

会場は都内でしたが、たまたま前夜から埼玉の友だちの家に泊まっていたので、電車をいくつも乗り継ぐ必要がありました。

東京まで出て山手線に乗り、あと二駅で、会場のある駅に向かう私鉄への乗り換え駅だというとき、思いがけない事態が起こりました。大雪のために山手線が止まってしまったのです。私は地団駄を踏みました。講演開始時間が迫っており、気持ちは焦るばかりです。

なんとしてでも行きたい。山手線がだめなら遠まわりでも地下鉄に乗って行こう。そう閃いた私は、大急ぎで地下鉄に乗り換え、目的の駅に着きました。やれやれと思ったところでわかったのは、乗り継ぐべき私鉄も止まっているということでした。

そこへ昌清之命のメッセージが聴こえてきました。

「焦ってはいけない。すべては必然。成るように成る」

時計を見ると、講演時間はもう半分以上すぎています。それでも私は、「すべては必然」だし「成るように成る」のならば、と心を落ち着けました。そして最後の数分でも聞ければと、線路に沿って歩き始めたのです。雪を踏みしめて黙々と、大西先生に会いたい一心で。

会場にたどり着くと、講演はもうとっくに終わっている時間でした。さすがにもう誰もいないだろうと思いつつ、私はなかへ入っていきました。するとそこにはまだ数人の聴講生と、なんと大西先生本人がいるではありませんか。

「ああ、雪のなかを来てくれたんだ。大変だったね」

先生はやさしい笑顔で、私に声をかけてくれました。全身雪にまみれ、息を切らして立っている私に声をかけずにいられなかったのかもしれません。

それから私は、ずいぶん長い時間、先生と一対一で話をすることができました。雪にまみれて何キロも歩いたことが、私の姿を目立たせてくれたおかげです。

さらに言えば、この日に大雪が降り、電車が止まったことが幸いしたのです。もし晴れていて電車も通常どおりに動いていたら、私は会場に座る聴講生のひとりにすぎなかったでしょう。

その後も大西先生とのご縁は続きましたから、霊的世界が演出する出会いの不思議を思わないわけにはいきません。

いまではテレビのレギュラー番組を通じても有名になった定番フレーズ「人生に偶然はありません。すべては必然です」という言葉は、この日の昌清之命のメッセージと、私自身の実感にも裏づけられているのです。

ほかにも、「霊能力があったおかげだな」と思うことはあります。それは、霊能力が、私がマスメディアで活動するきっかけを作ってくれたということです。

この話は次章にゆずることにしましょう。

第八章　人生の地図を伝えるには計画が必要でした

メディアに出たのは「目的」のため

私は霊能力というものをなんら重視していませんが、霊能力を持って生まれたおかげでマスメディアに出られるようになったという点では、とても感謝しています。

霊能力があるからこそテレビや雑誌は私に注目してくれ、結果として全国の多くの人たちに「人生の地図」である霊的真理を伝えられるようになったのです。

いくら私が霊的真理を得心し、そのすばらしさを多くの人々に理解してもらいたいと願ったところで、霊能力がなかったらほとんど耳を傾けてもらえなかったと思います。この世の基本は物質主義的価値観ですから、どこどこ大学の教授であるとか、なになに学の権威であるといった「立派な肩書き」がなければ、人生を説いてもなかなか聞く耳を持ってもらえないのがふつうでしょう。

しかし、たまたま私には生まれついての霊能力がありました。私自身には霊能力の自慢をしたい気持ちは毛頭ないし、テレビや雑誌などのメディアが、ともすれば霊能力をキワモノ扱いしかねないことも承知していました。悪意はなくとも、興味本位なとりあげかたをされる可能性はいくらでもあります。

しかしそれでも、霊的真理を伝えるという目的を果たすためには、臆することなくメディアという場で自分の霊能力を活用しようと思いました。

つまり、私がテレビや雑誌に出始めたのは、世の中への発言権を得るため。誤解を怖れずに言えば「意図的手段」だったのです。

具体的には、本を書かせてもらうための計画でした。私はこの仕事を始めたときから、いつか本を出版させてもらい、多くの人がそれを手にとってくれる日が来ることをなによりも望んでいました。霊的真理を広く伝える手段として、私がもっとも大事に思っているのが書籍なのです。

カウンセリングによって一人ひとりの相談者に「人生の地図」を手渡すことの難しさは、第六章に書いたとおりです。だからこそ講座を続けてきたのですが、大きめのホールで行ったとしても、いちどきにお話しできるのはせいぜい千人強です。一番まとまったかたちで私の哲学を伝えられるもの、そして後世まで残せるものは、なんと言っても書籍なのです。

テレビや雑誌で私の存在が広く認知されるようになれば、出版のチャンスも増えるかもしれない。私はそう考えて、メディアに出る決意をしたのでした。

二冊の著書の手痛い教訓

書籍というのはスピリチュアルな媒体だとつねづね思います。時間と空間を超越して、いまそれを必要としている人にもたらされるからです。その意味では「置き薬」とよく似ています。現に海外でも私の著書を読んでくださっているかたは多いようですし、私がこの世を去ってから初めて手にとるかたも出てくるでしょう。ほかの媒体ではなかなかそうはいきません。

だから私は、テレビや雑誌にさかんに出るようになるずっと前から、書籍という媒体に注目し、平成七年に最初の著書である『自分のための「霊学」のすすめ』（現『人はなぜ生まれ いかに生きるのか』）を出したのです。

しかし三年の月日を費やし、万感の思いをこめて書き綴ったにもかかわらず、発行してくれる出版社と出会うまでにはずいぶん苦労しましたし、出版後もほとんど注目されませんでした。

同じ年に出した二冊めの著書『心霊バイブル』（マガジンハウス）も、同じような結果でした。

このとき私は痛感したのです。書籍の執筆に本腰を入れる前に、まずは私という人間を広く世間に認知してもらわなければいけないのだと。

冷静に考えてみれば当たり前のことです。いったい誰が無名の人が書いた本を手にとるでしょうか。

もともと霊的なことに関心のある人たちなら、霊的な話題に的を絞った本を書けば少しは興味を示してくれるかもしれません。けれども、生意気なようですが、私はもっともっと広い層の人たち、特にごくふつうに生きていて、ごくふつうの悩みを抱えている一般の人たちに、自分の本を読んでもらいたかったのです。

霊的真理はなにも難しいものでもなければ、特別なことでもありません。一部の人にだけあてはまるものでもありません。私はいつも「スピリチュアリズムは空気といっしょです」と言っています。信じる信じないにかかわらず、みんながそのなかで生きているという意味においてです。それを否定するのは、目には見えないという理由だけで「空気なんてあるものか」と言うのと同じです。

スピリチュアリズムは誰にでも理解可能なものであり、誰にとっても役に立つもの。だから、霊的なものに偏見を感じている人たちも含めて、広い層に読んでもらえる本を書きたいと私は願っていました。

三冊目での起死回生

二冊の本から教訓を得た私は、気持ちを切り替え、雑誌やテレビからの出演依頼を積極的に受けるようにしました。「人生の地図」を伝えるにも計画が必要だとわかったのです。

ありがたいことに、口コミで広がっていた相談者たちのつてもあり、メディアからの依頼はたくさんいただきました。

テレビでは心霊現象を解明し、芸能人や一般のかたのカウンセリングも行いました。女性誌ではスピリチュアルな視点から恋愛術を指南したり、モデルや芸能人を霊視しながらの対談企画にも応じました。

こうした私の活動に対し、「人生を説く人間がタレントまがいのことをするのはいかがなものか」と批判する人々がいました。私の真意が本の出版にあると知った人でさえ、「本を売るためになぜそこまでしなければいけないのか？　いい本なら黙っていても売れるはず」などと言って非難しました。

そのように言う人たちは世間を知らないのでしょう。だから理想論を言えるのです。「良書は売れる」というのは昔の話。いまは活字離れの時代です。読んでもらうには工夫をしなければなりません。

努力と工夫の甲斐あって、私の名前と顔は、女性たちを中心にしだいに世に知られるようになりました。「スピリチュアル」という言葉も少しずつ浸透していきました。作家の佐藤愛子先生との対談が青春出版社から『あの世の話』として出版されたのもこのころです（現在は文藝春秋より刊行）。

追い風が吹いてきたことをいよいよ強く感じていたころ、個人の著書としては三冊めとなる本の執筆の依頼がありました。三笠書房という会社から、新しく立ち上げられたばかりの王様文庫というシリーズの一冊を書きませんか、と、中森じゅあん先生からの紹介でお話が来たのです。

願ってもいないチャンスだと思いました。文庫という形態も理想的でした。ふつうの書籍だと、あるていど大きな書店では、私の本は精神世界や宗教のコーナーに置かれてしまうことが多いからです。文庫ならジャンルに関係なく並べられるので、誰にでも手にとってもらえる可能性があります。

すでに二冊の本が不振に終わっています。ここで起死回生をはかれなければ、もう二度と出版界から声をかけていただけないだろう。そう思い、この本にはそれまで以上に慎重にとり組みました。

前の二冊の不振に対して、フリー・ライターの知人がくれたアドバイスも肝に銘じました。その人はこう言ったのです。

「あなたの本は、いいことが書かれているけれど難しい。これでは一般の読者はついてきません。スピリチュアルなことは、あなたにとっては当たり前のことかもしれないけど、ふつうの人にはなじみのない世界です。もっと親しみやすい具体例を示しながら、やさしく書かなければいけませんよ」

この言葉には目が覚める思いがしました。

だから今度の文庫では、誰もが人生で経験するような事例をふんだんに盛り込もうと決めました。恋愛、子育て、仕事など、人生のいかなる場面にもスピリチュアルな法則が働いていることを理解してもらうためです。そして、親しみやすい比喩を駆使し、やさしく語りかけるような文体で書くことにしました。

霊的世界を信じきれない人たちが拒絶反応を起こさないように、「霊」を「たましい」、「霊的」を「スピリチュアル」など、できるだけとっつきやすい表現を使うようにも心がけました。これは出版社側からの要請でもありました。このときはまだ今のような認知度もなく、霊的な話はまだまだキワモノ視されがちだったからです。本を出す会社としては当然の配慮だったでしょう。

こうして誕生したのが『幸運を引きよせるスピリチュアル・ブック』です。私の認知度はまだそれほどではなく、大がかりな宣伝をしたわけでもないのに、この本は評判が評判を呼ぶかたちでベストセラーになりました。その後、大きなサイズの箱入りの愛蔵版も作られ、いまでも版を重ねています。

スピリチュアリズムや精神世界にもともと傾倒していた人たちは、この本を、大衆に迎合した通俗的でくだらない内容だと批判しました。一方で、これまで霊的なことなど考えたこともない、けれども漠然と人生の真理を求めながら生きていた一般の人たちの熱い支持を集めました。私が読者にと願っていた人たちです。

この本のヒットのおかげで、ますますメディアから取材依頼が来るようになり、本を書かせてもらうチャンスも一気に増えたのでした。

より本質を語れるように

それからは大忙しです。『スピリチュアル生活12カ月』、『江原啓之のスピリチュアル子育て』（ともに三笠書房）、『スピリチュアル幸運百科』（主婦と生活社）などを立て続けに出版しました。

発行当初はほとんど部数がのびなかった一冊めの本、『自分のための「霊学」のすすめ』も、『人はなぜ生まれ　いかに生きるのか』とタイトルを変え、新装版として改めてハート出版から出版してもらえることになりました。

そのころはまだ個人カウンセリングの仕事も続けていたため目がまわりそうでしたが、ようやく追い風が吹いてきてくれた喜びに、私の心ははちきれそうでした。

しかししだいに物足りなさをおぼえてきたのも事実です。身近な事例を引きながらのやさしい「スピリチュアル」も大切だけれど、そろそろ「スピリチュアリズム」の核心にふれるような本も書いてみたい。現にそれを待っている読者もいる。そして、いま世間にある霊的世界への誤解も一つひとつ解きたい——。

そうした気持ちをわかってくれる編集者との出会いが次々に用意されたのも、霊的世界からの応援として感じられました。

昌清之命《まさきよのみこと》の霊訓をまとめた『スピリチュアル・メッセージ』シリーズ（飛鳥新社）。

スピリチュアル・カウンセラーとしての私の軌跡や現在の活動の真意、今後の抱負を本音で書いた、『スピリチュアルな人生に目覚めるために』（新潮社）。

深刻な社会問題に提言する『子どもが危ない！』と『いのちが危ない！』（ともに集英社）。

供養の真実を語りつつ、デス・エデュケーション（死の準備教育）をも目的とした『天国への手紙』（集英社）。

現代の世相をスピリチュアルな視点から斬る『日本のオーラ』（新潮社）。

私の著書は、やわらかいテーマから硬派なテーマへ、徐々にシフトしてきていました。冊数を追うごとに、自分がほんとうに書きたかった本質的な領域へと入ってきているのを実感しています。「万里の道も一歩から」という気持ちで、少しずつ目的を実現させてきたのです。


雑誌への登場のしかたも、似たような変遷をたどっています。

はじめは若い女性向けのファッション誌が圧倒的多数でした。特に「ａｎ・ａｎ」や「ＪＪ」にはひんぱんに出させていただき、恋愛や悩み相談、オーラ診断からＯＬの部屋のインテリア術にいたるまで、幅広くスピリチュアルな視点から指南しました。こういうソフトなテーマにも喜んで応じてきたのには、霊能力者につきまとうおどろおどろしいイメージを払拭しようというねらいもありました。

そのうちに、女性誌のなかでも「婦人公論」や「ＣＯＳＭＯＰＯＬＩＴＡＮ」といった、「生きかた」を提言するような雑誌にも出させていただくようになりました。「婦人公論」では連載を持たせていただき、のちにはそれらをまとめた『江原啓之のスピリチュアル人生相談室』（中央公論新社）など、何冊か出版されました。

そしてとうとう、「新潮45」や「週刊現代」といった総合誌もしくは男性向け週刊誌への進出を遂げたのです。

「進出なんて大げさな」と思うかもしれませんが、政治や経済など、時事的な記事を主とする雑誌は私のような存在に対し、きわめてかたくなです。ひと昔前なら霊能力者が登場するなどありえなかったかもしれません。たとえあっても、キワモノとしての扱いだったでしょう。

しかし私は、そうした雑誌で社会問題について発言する連載を持たせていただきました。初めてのことばかりでしたが、編集部の理解もあって、やり遂げることができました。

読者のおかげのベストセラー

私のこれまでの出版点数は七十冊近くにのぼります。『幸運を引きよせるスピリチュアル・ブック』以降、ありがたいことに、新刊を出せば手応えを感じられる状態が続いてきました。

もちろんこれは、私ひとりの力によるものではありません。なにかに導かれるようにして出会った、信頼のおける編集者たちの存在あってこそです。

そしてなによりも、私に本を出させてくれたのは、一般の読者の方たちだと思っています。

私の本は、主に読者の口コミによって、近年の出版界では異例と言われるほどの部数を出しているからです。

この国は資本主義社会ですから、出版界でも部数がなにより大事です。ベストセラーを出す著者になると、ますます出版界から注目されるようになるのです。だから私は、ひとえに読者のみなさんのおかげで次々と本を出してこられたのです。

著書が四、五冊めを数えたころから、老舗の大手出版社からも依頼をいただくようになりました。もちろんそのつど喜んでお引き受けしました。出版社の権威やブランドというのも物質的なことですが、そうした出版社から本を出させていただけるというのは、現世で本を書くにあたっては、やはり大きな励みとなりました。

なぜなら、世の中には出版社のブランドで本を選ぶという人が、特に男性に多いからです。それを肯定はしませんが、私の読者は女性が中心なので、男性陣にも私の本を手にとっていただけるのは、純粋に歓迎すべきことでした。

出版社にはそれぞれ、世の中に浸透しているイメージや得意分野があります。そのことも私はつねに意識しています。この出版社ではこのテーマ、あのテーマはあの会社に書かせてもらおうなどと、そのつど考えてきました。たとえばポップ路線ならマガジンハウス。実用ものなら三笠書房や主婦と生活社。社会問題への提言は、新潮社や集英社という具合です。

もちろんそうは言っても仕事は人とするものです。これまでをふり返ると、会社というより、それぞれの担当編集者と仕事をしてきたというのが実感です。私の意向をきちんと汲んでくれる人、誠意や真意が伝わる人、気持ちをひとつにして楽しくやっていける人かどうかが、なによりも大事でした。無名のころに私の本を世に出してくれた編集者への恩義も、当然ながら忘れていません。

それにしても、口コミだけで私の本を手に取ってくださった人が多かったのはなぜでしょうか。その理由は、いまのこの社会が霊的真理を必要としているからだと私は受けとめています。

いまの世の中はおかしいと誰もが思っています。とてつもない勢いで、よくない方向に進んでいるのも多くの人が感じています。まして日本人の多くは、確固たる生きる哲学を持っていません。そのなかでいったい自分はどうしたらいいのかと、みんなが人生の迷子になっているのです。

そういう人たちが、私が本のなかで語っている霊的真理に光を見いだしてくれたのではないかと思うのです。

心に「地図」があったから

ここまで読んで、「江原さんって意外と戦略家なんだなあ」と思ったかもしれません。

なにを隠そう、そのとおりです。私はとても現実的で計画的な人間なのです。

「あの世のことを語るスピリチュアル・カウンセラーなんて、きっと浮世離れした人なのだろう」とか、「いつもにこにこ笑っていてお人好しそうだな」と思う人たちは、シビアに現実を見きわめる私の性格を知ったら、イメージとのギャップに驚くかもしれません。

私のモットーは「郷に入れば郷に従え」です。霊的真理やあの世のことを現世に広めるには、あくまでも現世というフィールドを熟知し、現世にふさわしい計画が必要だと考えているのです。「計画」つまり、「地図」を持っていたのです。

私は霊的真理を現世に広めるという目的地を二十年前に定め、そこに到達する道筋を確認しながら進むための「地図」を、つねに心に持っていました。

たとえば私の一冊めの著書となった『自分のための「霊学」のすすめ』（現『人はなぜ生まれ いかに生きるのか』）の多くのページを、自分自身の半生を綴った自叙伝的な記述に割いたのも、先々を見通してのことでした。

当時すでに、「これから先、霊的真理を日常的に実践するための手引きを、人事百般にわたるテーマでどんどん出していきたい」という思いを、漠然とながら持っていました。しかしその前に、自分はどんな人物で、なぜこの道に入ったのかを明確に打ち出しておいたほうが賢明だろうと考えたのです。

ほとんど無名という状態で自叙伝的な本を出すのは、その本一冊の売れ行きだけを考えれば、まったく得策ではなかったでしょう。しかし私は十年先の理想の自分を念頭に置きながら、「いま書いておくべき」と思われる本を綴ったのです。

もしも私のデビュー作が、たとえば『愛のスピリチュアル・バイブル』という若い女性たち対象の恋愛指南本だったら、「あの人は恋愛術の人」というレッテルを貼られてしまったに違いありません。

仮に『幸運を引きよせるスピリチュアル・ブック』がデビュー作だったとしても、「スピリチュアリズムとは言っても、やわらかい内容しか書けない人」ということにされていたでしょう。

その点、まだ無名の平成七年の段階で『自分のための「霊学」のすすめ』を出版していたことは大正解でした。

『幸運を引きよせるスピリチュアル・ブック』が注目されたとき、「これを書いた江原さんってどんな人？」という関心を持ってくださった人たちが大勢いました。その人たちに私の人となりや哲学を理解してもらうために、その六年前に出ていたこの本は大きな役割を果たしたのです。

「今回の本はやわらかい内容だけど、この人はちゃんと若いころからスピリチュアリズムを学んできたんだ」

「やさしい言葉で書いているけど、とても苦労してきた人みたいだから、きっと自分の人生経験から実感を込めて書いているんだろう」

両方の本を読んでくださったかたは、そう感じてくれたのではないかと思います。

パイオニアとしての喜びと苦労

私はこの二十年というもの、つねにパイオニアとして奮闘してきたように思います。テレビ出演に際しても、従来の心霊番組のイメージを変えるために必死になって闘いました。恐怖心をあおる音楽や、不気味さを演出する柳の木、血がしたたっているような「垂れ文字」は不要だと、制作者側を説得し続けてきたのです。

なぜなら死者の霊にも、生きている私たちと変わらない人間らしい感情があるからです。生きている人間のなかに極悪人がそれほどいないように、死者の霊も恐ろしい怨霊ばかりではありません。たしかに、死んでもまだあの世に旅立てずにいる未浄化な霊もいますが、旅立てない理由には寂しさや悲しさといった霊の「人情」があるわけで、単純に化け物扱いするのは酷というものです。

だから私は番組作りにおいて、つねに霊の「人権」を大切にしてほしいと訴えてきました。おかしな言いかたですが、私は霊たちの人権擁護派なのです。そのため私が関わった番組は、心霊現象を扱うものでも怖さはないどころかハートフルなものに仕上がっていると思います。

また、テレビやラジオでレギュラー番組を持つ霊能力者というのも、私が初めてではなかったでしょうか。全国ツアーを組んでの公演をした霊能力者も過去にいなかったでしょう。ましてて歌うスピリチュアル・カウンセラー、スピリチュアル・アーティストとして大阪城ホールや武道館のステージに立つというのも、画期的なことだったと思います。

私はいつでもパイオニアでした。見本になる先達は、少なくともこの日本にはいませんでした。パイオニアと言えば格好いいけれど、要するに草分けです。

草分けというのは理解されないものです。逆風にまともにさらされます。的外れな誤解や、心ない批判の嵐にも遭います。

それでも私は、こういう人生が案外好きなのかもしれません。すでに書いたように、私は群れることが大の苦手で、つねに無勢派として生きています。無勢派には、無勢派としてがんばるからこそ得られる充実感があります。私はつねに逆風に向かって突き進んできました。そしてあらゆる活動において、これまでの「霊能力者」が成し得なかった金字塔を立てることを目標にしてきましたし、それが成し遂げられたという喜びも感じています。

ところでいま私は、見本になる先達は「少なくともこの日本には」いなかったと書きました。日本にはということわりを入れたのは、私の心に、尊敬するイギリスの大スター的霊媒《れいばい》、故ドリス・コリンズ（一九一八〜二〇〇三）がいるからです。

イギリスのスピリチュアリズム事情については『スピリチュアルな人生に目覚めるために』に書いたとおりで、イギリスの霊媒の大半は一技術者として地道に活動しています。しかし彼女が活動した舞台は書籍やテレビなどのマスメディアでした。講演でもロンドンのロイヤル・アルバート・ホールという巨大な会場を三日間満席にし、海外にも遠征するなど、ほかの霊媒とは一線を画す活動ぶりでした。

生前の彼女と幸運にも会う機会を得たとき、私は彼女から「あなたは日本のパイオニアになる人。イギリスで私がやってきたように、日本の草分けとして活動していきなさい」と言われました。

この言葉が、その後の私の大きな励みとなってきたのです。

出る杭は打たれるけれど

世間に知られるようになると、週刊誌などに批判記事を書かれることも増えました。「出る杭《くい》は打たれる」というのが昔からこの国の常です。つい数年前までふつうの一般人だった私でさえその洗礼を受けているというわけです。

霊的世界を語ることが「非科学的」だからというのが、私が批判される大きな理由のひとつでしょう。世間には、非科学的なものを否定することがインテリの証《あかし》だという思い込みがあるのです。しかしそれはあくまでもオーソドックスな科学の姿勢で、いまの量子力学では、そのうち霊の存在も証明できるだろうと言われているそうです。

もうひとつの批判される理由は、私がテレビなどでは「聖人君子」のように映るからではないでしょうか。

じかに会ったことのある人ならわかると思いますが、私はどちらかと言うと「下町のおやじ」的なキャラクターです。オープンマインドだし、気どりもありません。くだけた会話も好きで、笑い上戸でもあります。

その一方で、くよくよと落ち込みやすく、講演などのあとはいつもひとりで反省会。「あの説明では伝わりにくかったんじゃないか」、「よけいなことを言いすぎたかも」などの思いがめぐり、滅入ってしまいます。

笑いも涙もある、ごくふつうの人間なのです。

しかしテレビ番組では、「私はこういう人間なんですよ」とわかってもらうチャンスがありません。なぜなら、私はつねにゲストのかたを霊視したり、カウンセリングしたりする立場だからです。主役は相手方なのです。

これまでの著書には、『江原啓之物語』（光文社）といったマンガで半生を綴ったものや、『江原啓之への質問状』（徳間書店）、『江原啓之本音発言』（講談社）といった自分のことを語ったものもあります。しかし、どうしても波瀾万丈な半生だったという話が前面に出て、私の下町的な性格までは伝えられません。隠すつもりがなくても、素の自分を知ってもらう機会がないのです。

表に出ているのは人生を説いたり、深刻な相談に答えたりする姿だけ。だから「聖人君子」のイメージがつきまとってしまうのかもしれません。

そのためか、たまに旅番組やトークショーに出て自分自身のことを語ると、「素の江原さんを身近に感じられてよかった」、「どういう人なのかと思っていたけど、けっこう面白い人だった」など、たくさんの反響があるようです。

人間が好きだから

想像するに、意地悪な週刊誌などは、表面的な「聖人君子」の私を見て、「こいつ正論ばっかり言って気持ち悪い。絶対に裏があるはずだ。暴いてやろう」と思っているのだと思います。

それに彼らには、私がこれだけ精力的に活動している動機がわからないのでしょう。だからよけい不気味に見え、「お金のためだろう」と思うことでみずからを納得させているのかもしれません。

しかし考えてもみてください。お金などそうあっても使いきれるものではありません。私はもともと物質的な贅沢を望むタイプではありません。家族と自分、会社のスタッフを養うお金があれば、あとは今後の活動資金や、困っている人たちへの寄付に生かしたいという考えです。

私にとっての贅沢、したい贅沢は、お金で買える物質的なものではありません。なにが一番ほしいかと言えば「時間」です。気ままなひとり旅をする時間、好きなオペラや映画を観に行く時間、自然のなかでひたすらぼーっとする時間が持てたらどんなにいいだろうと思います。

ごくふつうの生活もほしいです。外出しても目立ってしまうため、回転寿司やラーメン屋に入るにも帽子にサングラスという姿。子どもを連れてプールや遊園地にも行きたいけれど、人が集まってきたら子どもに迷惑をかけてしまうので、それも叶いません。

われながら考えてしまうことがあります。プライベートな時間と自由を犠牲にしてまで、なぜこんなにがんばっているのか。たびたびのバッシングにもめげず、なぜこんなにがんばれるのか。

文字で書くのは照れるけれど、その答えはやはり「愛」です。

理不尽なことが大嫌いな性格、下町育ちの人間特有のお節介な気質も、私の活動を支える大きなエネルギー源となっているでしょう。しかし私の一番の原動力は、やぼったい言いかたですが、世の中に対する愛なのです。

これもまた優等生的に聞こえるなら、「人間が好きだから」と言い直しましょう。

十代のころから人の心の闇をさんざん見てきたけれど、私は根本において人間が好きなのです。だから人生の迷子たちを放っておけません。ほんとうの幸せを求めてやまない人たちに、「人生の地図」を手渡さずにいられないのです。

第九章　子どもが親にしてくれました

はじめから親という人はいない

私はふたりの男の子の父親です。結婚二年目に長男が誕生し、その三年後に次男が生まれました。ふたりは現在、中学生と小学校高学年に成長しています。

子どもが生まれたときの気持ちは、うれしかったのはもちろんですが、「これからは責任重大だ」とか「もう自由じゃない」という思いも正直なところありました。まだ二十代だったこともあり、子どもを持ったことであきらめたこともたくさんあったのです。若い父親というのはだいたいそういうものではないでしょうか。

私の場合、外国で暮らしたいという夢を手放さなくてはなりませんでした。息子たちが生まれたのはちょうどイギリスに足繁く通っていた時期だったので、特にその思いが強かったのです。妻にも海外志向があるので、あと少し夫婦ふたりの期間が長かったら実行に移していたかもしれません。

いまでは息子たちも両親の性格を承知しています。家族で旅行した先で、私たちが「いいところだね」と言うと、「でも、住むのはいやだからね」と先手を打ってくるのです。

ともかく私たち夫婦は、結婚した翌年から親になりました。いまふり返ると、親とはとても呼べないような未熟なふたりだったと思います。

けれどもそれは当然のこと。私がよく話すことですが、この世には最初から親という人はいません。子どもが生まれた時点では、ただ生物として親になったというだけです。生物として親になるのに資格は要らないし、国家試験を受ける必要もありません。

それでもその後、子どもを育てる経験と感動を積み重ねながら、親は人間的に成長し、親らしい親になっていきます。それはほかでもない、子どものおかげです。子どもが親を、ひとかどの親にしてくれるのです。

だから私は、「私は親になる自信がありません」と悩んでいる人にはこう言って励ましています。「はじめから自信があるほうがおかしいじゃないですか。いまから心配しなくたって大丈夫。子どもがあなたを親にしてくれます。子どもはしょっちゅう熱を出すし反抗もする。その一つひとつを乗り越えるたびにあなたは鍛えられ、親らしい親になっていくんですよ」と。

第一、悠長に悩んでいられるのは子どもが生まれるまでのこと。いったん生まれてしまえば毎日が待ったなしです。自信があろうがなかろうが、とにかく親をやるしかありません。やっているうちに親になっていきます。

私もふたりの息子たちに父親として育ててもらったし、いまもその最中です。子育てを通じての経験と感動は、まさに「人生に無駄はない」で、仕事にもとても役に立っています。私の読者には女性が多いので、出産や育児に関することを経験から語れることは、とても大事なことなのです。

その意味で、次男誕生のときに出産に立ち会ったのもいい経験でした。やんちゃな息子たちを叱るときも、どうすれば子どもを正しくしつけられるかという霊的視点からの考察を欠かしません。

「子どもは親とはたましいが別」、「きょうだいでもたましいは違うので個性は違う」といった、霊的真理のうえでは明らかなことも、現実の息子たちを見てますますよく理解できるようになりました。

育児マニュアルには頼れない

子どもたちが幼いころは、「なにごとも勉強」と、育児書なども徹底的に読みました。

そこでわかったのは、育児書の内容は時代によってころころ変わるということでした。たとえば長男のときは「うつ伏せ寝」が奨励されていたのに、三年後に生まれた次男のときは、「赤ちゃんは仰向けに寝かせましょう」と、百八十度変わっていました。そのあいだにうつ伏せ寝による死亡事故があったからです。

そこで私は、「やはりマニュアルにはたよれない、なにごとも自己責任だ」ということも学びとりました。

自分が育った時代と違い赤ん坊をおんぶしている母親の姿をほとんど見ないということも、子育てしながら改めて気づいたことのひとつです。いまどきの母親には、おんぶはダサく見えるのかもしれません。でも私は、子どもをおんぶするおかあさんほどカッコイイものはないと思っているので、とても残念に感じています。

それに赤ちゃんや小さな子どもにとって、おかあさんとぴったりくっついていられるおんぶは、とても安心できるスタイルなのです。おかあさんの胎内から出てきてまもないうちは、おかあさんのオーラのなかが、どこよりも安らげる空間なのです。

その意味では抱っこもいいけれど、子どもを抱っこしながらできる家事は限られているのではないでしょうか。たとえば台所に立つときなど、火や刃物が危ないので、子どもを下におろすしかなくなるでしょう。その点おんぶなら肌身離さない状態でほとんどの家事をこなせます。第一おんぶのほうがずっと楽。わが家は断然おんぶ派でした。

子どもたちが小学校にあがってからも、親として新しい経験をさせてもらうことの連続でした。子どもがなかなか宿題をしないときは親としてどういう態度をとるのがいいのか、お小遣いや家の手伝いはどう決めたらいいか、どこまでを子どもの自主性にまかせ、どこらへんから親の助けの手を差しのべるかなど、一つひとつの出来事から学んでいきました。いまどきの学校の事情も身近に知ることができました。

そうした経験と感動のおかげで、『江原啓之のスピリチュアル子育て』や『子どもが危ない！』といった、育児や教育がテーマの本が書けたのです。

理想の父親でなくてもいい

私は四歳で父親を亡くしているので、自分が父親になったときにモデルとすべき父親像はありませんでした。実のところ、「こういうとき男親たるものはどうするべきか」がわからないまま子育てしてきたのです。

でも、だからと言って無理やりモデルを立てようとは思いませんでした。私は私です。わからないものはわからないし、背伸びしてまで理想の父親を演じることはないという思いをいまでも持っています。

長男が幼稚園に通っていたころ、「○○ちゃんちのおとうさんみたいに、もっと遊んで！」と言われたことがあります。私が毎日忙しくてあまり遊んであげられなかったため、息子は不満だったのです。

開き直って「だったら○○ちゃんちに生まれればよかったじゃないか」と返すと、なんと長男は「ぼくはよほど前世で悪いことをしたんだね」と言うではありませんか。いまでもこれは、わが家の笑い話のひとつとして語り継がれています。

長男の幼稚園時代のお友だちのおとうさんは、子どもとしょっちゅう遊んでくれるやさしいおとうさんでした。だからと言って、同じタイプの父親を私が目指すことはないと思ったのです。いろいろなおとうさんがいていいというのが私の考え。だから長男に「○○ちゃんちのおとうさんはもっと遊んでくれるよ！」と言われるたび、「そうか、それはいいね」と答えていました。「じゃあ○○ちゃんちへ遊びに行きなさい」と。

実際、長男はその家にしょっちゅうおじゃまさせてもらっていたようです。それはひとりっ子だったその子にとっても、いいことだったのではないかと思います。

長男は小学生になってからも、「父親というのは子どもとキャッチボールするものだ！」などと、私に言ったものです。そんなときは「他のおとうさんたちと違ってごめんね」と謝りました。

もっとも子どもとキャッチボールをしてあげられなかったのは、父親像がわからなかったからと言うよりは、やはり仕事が忙しすぎたせいです。

それでも長男が小さいころは、遊園地やプールに連れて行くなど、世間一般の父親並みのことはしてあげられました。

ディズニーランドへ行った日のことは忘れられません。片手に長男を抱え、片手に風船を持ちながら、典型的な「パパの図」にはまっている自分に笑ってしまったものです。その姿でアトラクションの長蛇の列に並んだり、エレクトリカルパレードを観る場所を確保したりして、父親の苦行というものを知りました。

しかもその甲斐なく、長男はエレクトリカルパレードが始まったとたんに眠り始めたのです。「起きろ！」と言ってたたき起こし、やっとミッキーマウスが来たと思ったら、「こわい」と言って泣き出す始末。

そんな経験の一つひとつが、実は私がいつも言う「子どもというのはままならないものです」という言葉を実感あふれるものにしているのです。

次男が生まれたころには私はますます多忙の身となり、ディズニーランドどころではなくなっていました。妻も仕事を手伝いながら、やんちゃ盛りの長男の世話にも追われていたので、次男の赤ちゃん時代の育児は、長男のときと比べてどうしても手をかけられないところがあったかもしれません。

ベビーベッドに寝かせたまま自分でミルクを飲ませたことも一度や二度ではありません。頭の下に、巻いたバスタオルを枕代わりに敷いていたにせよ、ずいぶん手荒なことをしていたものです。

あのころのわが家の状況は「サバイバル」という言葉がぴったり。そのなかで私たち夫婦は、どんどんたくましい親になれたのだと思います。こうして実体験を通して「子どもが親にしてくれる」ことを学んだのです。

食事の時間が絆を育む

ここ数年は、ますます子どもたちといっしょにいる時間が減っていて寂しい限りです。

しかしそこは、私がよく話す言葉のとおりで、「大切なのは、どれだけ多いかではなく、どれだけ込めるか」です。親子関係でも、ただ長い時間いっしょにいればいいわけではありません。いっしょにいられる機会にどれだけ心の通い合う濃密な時間をすごせるかのほうが大事なのです。

子どもたちとすごせる貴重な日には、できるだけいっしょに食事をするようにしています。わが家では、食事中はテレビを消して、家族の会話を楽しみます。

親子のコミュニケーションに欠かせないものとして、一番にスキンシップが挙げられますが、これは子どもが成長するにつれ、なかなかできなくなるものです。その点、家族みんなで食卓をかこむというのは、子どもが何歳になってもできます。だからわが家でも、毎日でなくともいい、週に一度でも半月に一度でもとにかく「続ける」ことが大切だと思っているのです。

食事や会話は、家族の絆を育《はぐく》むうえできわめて大切なこと。このふたつができているかどうかが、家族の心が通い合っているかどうかのバロメーターだと思います。

みんなが和気あいあいとおしゃべりしながら、ぱくぱく食べている家庭は円満です。逆に、会話がないとか、食が進まない人がいるような家庭は要注意です。なぜなら、人間とは不思議なもので、心を開けない相手の前では口を開けなくなるものだからです。要するに、いっしょに食べたり話をしたりするのがいやになってしまう。だから、食事や会話をしていない家族は、心がばらばらになっている可能性が大きいのです。

わが家には、「おとうさんが食べ終わらないうちは、子どもたちも食べ終わってはいけない」というルールがあります。私はゆっくり食べることを心がけているので、このルールがあると、息子たちもつられてよく嚙んで食べるようになるようです。そうすると会話も落ち着いてできるし、まさに一石二鳥です。

だからと言ってわが家はいわゆる厳格な家庭ではありません。いつも笑いが絶えないひょうきんな家族です。ときには、息子たちが早く食事を終わらせてテレビを観たがっているのを知りながら、ことさらにスローモーションで食べてやきもきさせることもあります。父親には威厳も必要ですが、それだけでもいけません。わが家では休日には息子たちと「親子トド」といって、親子でゴロ寝をすることもありますし、時には子どもの前で腹踊りをしてみせることもあります。そんなふうにふざけてみせたり、いっしょにばかをやって大笑いすることも大事だと思うのです。

笑うということを、私はとても大切に考えています。へこたれたときにも自分自身を笑い飛ばせる人は、絶対にうつになりません。

自分を笑えるというのは、「私はこのていどの人間です」という謙虚さがある証《あかし》です。自分の小ささを知っている人間が、実は一番強いのです。自分はすごい、大した人間だと思っている人ほど、壁にぶつかったときにもろいのではないでしょうか。

わが息子たちにも、人生を笑い飛ばせる強さと謙虚さを持って、のびのびと育ってほしいと願っています。

第十章　部下はままならないものです

社員教育に奮闘中

私には、八人のスタッフを抱える会社の社長としての顔もあります。

うちの会社ではスタッフの一般公募などは特にしていません。いまいる八人は、それぞれがなんらかのご縁により私のもとで働くようになった人たちです。マネージメント秘書、付き人、秘書、経理など、みんな若いながらも熱心に働いてくれています。

「じゃあ江原さんは、そういう部下たちにがっちり支えられて、大船に乗った気持ちで仕事に専念できているんだ」と思うかもしれませんが、現実はそう簡単ではありません。私は日々「社員教育」にも心を砕いているのです。

私は著書などで、いつも「人としてもっとも鍛えられるのは、上司になること、独立すること、親になることの三つです」と語っています。なぜなら、どれも「ままならない」ことだからです。ままならない相手と格闘しながら「大我《たいが》の愛」を育《はぐく》むことは、なによりもたましいが磨かれる修行となるのです。

そういう意味においては、子育ても部下育てもほとんど同じです。どちらも霊的視点で見れば、別のたましいを育てながら自分自身のたましいをも育むという経験であり感動です。

スタッフに対する私の指導は微に入り細にわたっていて、まるで「小うるさいおかあさん」のようだと、われながら思うことがあります。

挨拶のしかた、電話のマナーはもちろん、ふつうの会社では考えられないことかもしれませんが、箸の上げ下ろしにいたるまで厳しく指導することがあります。

「爪を切って来なさい」と叱ることもあります。仕事先の人との名刺交換の際、相手はこちらの手もとを見て、人間としての品性や人格までも無意識に感じとるものだからです。

若い男性社員には、時には社宅を訪ね、あまりにも殺風景だと「絵のひとつでも飾りなさい。そういう心のゆとりがいい仕事を生むんだ」などと説教したりもします。

もちろん細かい指導ばかりではありません。大局的見地に立った話し合いもします。彼ら自身の人生における現在の仕事の意味を、ともにじっくり考える時間を持つことも心がけています。

箸の上げ下ろしから人生の展望まで、スタッフの面倒をとことん見てしまうのは、私の下町のおやじ的な性格ゆえかもしれません。世話好きだった母親の影響でもあるでしょう。

とは言え、単に性分としてやっているのではありません。私には、そこまでしないと人間というものは育たないし、仕事の能力も伸びないという信念があるのです。

放られて育った若者たち

「忙しい江原さんがそこまでやっているの?」と驚いた人も多いかもしれません。

いまの若者たちが、成人するまでにひととおりのことがきちんとできるように育っていれば、私だってなにも「小うるさいおかあさん」にならなくていいのだと思います。しかし最近の若者にそれを求めるのは難儀なこと。これはうちの会社に限ったことではないはずです。いまの若者や子どもたちは、親に「放られて」育っているので、社会人としての基本中の基本を知らないのです。

放られていたと言っても、もちろん食事は与えられていたし、着るものにも不自由せず、塾にだって行かせてもらえたでしょう。留学させてもらえた人もいるでしょう。しかし物質面では満たされていても、精神的に放られて育った人が多いのです。

『江原啓之のスピリチュアル子育て』などで、私は、親が子どもに対してするべきことはふたつだと書いています。

「愛の電池」をしっかり注ぐことと、社会のルールを教えることです。

子どもというのは、十二歳から十五歳ぐらいになると、自分の意志で行動できるようになります。生まれてからその年齢までが、子育ての一番大事な時期です。そのあいだに親がこのふたつをちゃんとしてあげていれば、子どもはその子なりの個性を発揮して、立派に社会へ巣立っていきます。

ところがいまの親は、どちらとも満足にしてあげていないのです。「小我《しょうが》の愛」では愛していても、「大我の愛」は注いでいません。社会のルールもいい加減にしか教えていません。

加えて昨今の核家族化と少子化です。昔はきょうだいが多く、三世代、四世代がともに暮らす大家族がふつうでした。近所の人たちや親戚もにぎやかに出入りしていました。家のなかに社会の予備校のような生活があったのです。

しかしいまの子どもたちは、両親と少ないきょうだいしか知らないまま、いきなり社会の荒波に放り込まれます。だから、学業はできても自分に自信のない、いつもどこか不安な若者たちが、世の中にあふれるようになってしまったのではないでしょうか。

育てる心のない社会

いまの子どもたちがかわいそうなのは、親に放られているからだけではありません。社会全体に「育てる」心がなくなっているのです。昔はたとえ親がきちんとしていなくても、親に代わる存在、親の役割を補う存在はいくらでもいました。

お師匠さんがその例です。昔は多くの世界に師弟制度がありました。師弟制度と言うと、いまは伝統芸能や職人などの世界ばかりを連想するかもしれませんが、なにもそういう特殊な世界でない、たとえば街のおそば屋さんでも、若い弟子を受け容れては一人前にしてのれんを分けていたものです。

師弟制度のよさは、そばにいさせながら学ばせるところです。弟子は師匠の仕事のしかたを間近に見、その呼吸のようなものを身にしみこませました。これはきわめて大事なことです。どんな仕事にも、書面のマニュアルではカバーしきれないことはたくさんあるからです。もしかするとそちらのほうがずっと大事かもしれません。

また弟子たちは、仕事だけでなく、大人として、社会人としてのマナーや生きかたも、師匠から自然に学びとりました。

師匠にとって弟子は、特に住み込みで働かせている場合など、家族のひとり、わが子のひとりのようだったでしょう。それだけに「この子の人生の責任を持たされている」という自覚を持ち、「自分がまずきちんとしなければこの子を導けない」と、常日ごろ襟を正していたはずです。

アパートなどの大家さんや、結婚の際の仲人も、かつては親の役目を補う存在でした。「大家と言えば親も同然」、「仲人と言えば親も同然」という言葉もあったほどです。いまでは家賃は銀行振込がふつうになり、大家さんと顔を合わせることはまれですし、仲人も当日だけの媒酌人、いわゆる「たのまれ仲人」ばかりです。

会社の上司も、ひと昔前まではもっと部下の面倒を見たものです。いまは会社に若手を育てる余裕がなく、「即戦力」がなにより求められるという厳しい時代です。

かつての上司は仕事帰りに部下を酒に誘っては日ごろの悩みを聞き、ときには仕事を離れた人生の先輩としてのアドバイスまでしたものでした。もちろんこれには賛否両論あるでしょう。いまは「プライバシー尊重」の時代ですから、それをする上司も、求める部下も、あまりいないのかもしれません。

それどころか、最近の上司は、自分の点数稼ぎのために部下を利用することさえあるようです。自分の失敗を部下のせいにし、部下の手柄を自分の手柄にする上司もいるのだとか。

昨今の上司たちの目線はつねに自分より立場が上の人たちに向いていて、下を顧みることはないのかもしれません。育てるという「大我」の行為をなおざりにし、自分自身の出世と保身がなにより大事という「小我」で生きているのかもしれません。

それでは若手は成長できないし、上司を見て「自分もがんばってああいう人物になろう」と目標にすることもできないはずです。

かわいそうなニートたち

こうした世知がらい空気のなかで、大事なこと、基礎的なことを教わらずに育ったのがいまの若者たちです。「ニート」と呼ばれている子たちはその典型と言えるでしょう。

ニートは、親に愛されてこなかったかわいそうな子たちです。食べ物さえあれば育つだろうと、じゅうぶんな関心を払われなかった寂しさは深刻です。愛はなくとも食べ物だけは絶やさずに与えるのも、世間の手前、問題を起こされては恥ずかしいという親のエゴからです。

彼らは偏差値偏重の教育を受けた世代でもあるので、「がんばる」ということに対してトラウマがあります。がんばるイコール、いい点数をとるという発想が植えつけられているのです。

自分の価値を学業の成績で決められてきたので、大人になって「好きな道に進みなさい」と言われても、なにをしていいかわかりません。どう努力していいのかもわかりません。ひたすら受け身で中間、期末、中間、期末とテストを受け続けてきたため、学校を卒業してそのリズムを失うとどうしていいかわからなくなるのです。

学校の勉強はできる子も、それを生活に生かす教養や、社会で生きていくための常識がそなわっていません。そのくせ知らないことを「知らない」と言えないのも彼らの特徴。「教えてください」とは格好悪くて言えないし、そんなことを言って叱られたらどうしようと、ものすごくビクビクしています。変に甘やかされてきて、叱られた経験がほとんどないからです。

幸いニートにはならずに済んでいる若者のなかにも、「隠れニート」が多数います。仕事に就き、社会人としてふるまっていても、実はいまさら聞けない、知らないことだらけという子たちです。彼らはとんでもない敬語を話し、失笑を買うようなマナー違反を犯しながら、綱渡りで社会生活を営んでいます。

「これではいけない」と、彼ら自身も思っているのです。好きでニートでいる子なんてめったにいないでしょう。しかし誰にも相談できないし、自分が知らないことについて、どうやって情報を得たらいいかもわからない。だからいつも心細くて、将来が不安で、とり残されているという孤独感を抱いて生きているのです。

ニートのことを「働きもしないろくでなし」と大人は決めつけがちです。でも私は、世の中にはどうやってアルバイトをすればいいかさえわからない子たちもいるのでは、と想像しています。

アルバイトをするにも履歴書が必要です。ところがいま、履歴書の書きかたを知らない若者までいると聞くのです。求人に寄せられる履歴書には、目立つようにきらきら光るペンで書かれたものさえあるのだとか。「私に当ててください！」と、懸賞はがきを派手な色に塗りたくるのと変わらない発想です。

アパートの家賃を払わないというのも、お金がないという理由ばかりでなく、なかには銀行振込の方法がわからない子もいるのではないでしょうか。クレジットカード取得のいろはや、定期券の買いかたがわからない子も多いでしょう。なにを着ていけばいいのかわからないためにお通夜やお葬式に出ない子もいるでしょう。「教えて」のひとことが言えないと、わからないことから逃げるようになってしまうのです。

ニートや隠れニートは、親にそのていどの社会のマナーも指導してもらえない子たちなのです。「教えて」と言っても、「なにかに書いてないの？」、「学校の先生に聞いたら？」としか答えてもらえていない可能性もあります。

もしかすると、親の世代もすでに「知らないし、聞けない」人たちなのかもしれません。

そう考えると怖いことです。最近、子どもの学校の給食費を払わない親が増えているようですが、そのなかには銀行の引き落とし方法を知らない親もけっこういるのではないかと思えてならないのです。

知らないというのはほんとうに怖いこと。

私は、人生の最大の敵は「無知」だと思っています。

一番の敵は「無知」

無知とは恐ろしいものだということを、私は身をもって経験しています。

高校生の頃からひとり暮らしを始めた私は、無知との闘いのなかで十代後半を生きていたようなものでした。無知ゆえに甘い誘いに乗ったり、利用されたりしたことはすでに書いたとおりで、ほかにもお金のこと、役所への手続きなど、わからないことだらけでした。一つひとつをきちんとできるようになったのは、恥ずかしながら二十歳をすぎてからです。

それまでは親の残してくれた貯金をちょっとずつ下ろしながら、どうにか生きていたという感じでした。光熱費の料金の支払いかたは知っていても、面倒だったり忘れたりして、督促のはがきをもらうこともしばしばでした。

自分自身がそうだったから、実のところ、私にはニートの気持ちもわかるのです。時代背景がいまと違っていたにせよ、一歩間違えば私もニートのようになっていただろうし、ニートにきわめて近い暮らしをしていた時期もありました。どちらも「親に放られているゆえの無知」という点では同じなのです。

　ニートの場合は親は生きているけど放置されている。私は親がそもそも生きていないという違いです。

　それでも私がニートのようにならずに済んだのは、私のたましいに、自分を心配してくれた亡き親の愛情がしみこんでいたからです。

　私が四歳のときから母子家庭だったので、母は「父親がいない子だからと思われないように、きちんとするんだよ」と口癖のように言っていました。その言葉が、母の死後は私のなかで「両親がいない人間だからとは思われないように、きちんとしよう」に変わりました。そのおかげで、社会人として恥ずかしくない人間になるための努力を少しずつでも始められたのです。

　無知を知に変えることは、闇のなかでの苦闘でした。教えてくれる人がいないのだから、自分だけがたよりでした。

　父親がいなかったため、当時の私はネクタイの締めかたひとつ知らなかったのです。正装のいろはも知らなかったので、「メンズクラブ」などのファッション誌と首っぴきで勉強しました。

　私が直面したもうひとつの問題は、スーツが必要になったときに、お金がなかったことでした。相次ぐ心霊現象が原因で大学生活さえままならなくなったとき、私は社会に出て働かざるを得なくなったのですが、そのためのスーツも靴もかばんも買えない自分に気づき、がく然としたものです。

そこで選んだ苦肉の策が、警備員のアルバイトでした。警備の仕事なら制服を貸してくれるので、スーツなどを準備する必要がなかったのです。

自分が働かなければ食べてもいけない状態だったので、そうやって必死に生きる道を探ってきましたが、ある意味では幸いだったのかもしれません。

中途半端に物質面で恵まれていると、若者たちはなんとなくフリーターやニートになっていくのではないかと思います。

リーダーを渇望する若者たち

そういう経験があるために、私は世のニートたちを非難する気になれません。非難する大人たちにお願いしたいのは、「どうぞ、みなさんもニートたちと同じ高さにまで目線を下げて、この問題を考えてください」ということです。そして「非難するだけでなく、ちゃんと一から教えてあげませんか？」とも言いたいのです。

いま社会で立派に働いているのは、基本的にきちんと教えられて育った人たちです。だからニートの立場や気持ちを理解できないのです。

でも、自分が理解できないからと言って、「わけのわからない連中」と切り捨てていいはずもありません。彼らにはそうなった理由があるし、声にこそ出さないけれど、助けを求めているのです。

ただやみくもに「それじゃだめだ」、「しっかりしろ」と言ってもなんの助けにもなりません。なぜしっかりできないのか、どこでつまずいているのか、彼らの身になって考えてあげなければならないと思います。

ニートたちだって本心では社会人になりたいのです。決していまの自分をよしとはしていません。いまの大人たちは若い世代の教育を怠っているわりには、いまどきの若者たちを蔑《さげす》むという過ちを犯していないでしょうか。

いまの若者たちについては、『子どもが危ない！』の中でも分析していますが、彼らが人間としてまるでだめかと言うと、そんなことは絶対にありません。一人ひとりと話してみると、無垢で素直な子ばかりです。きらりと光る才能を持った子もたくさんいます。有象無象に見える若者の群れにも、磨けば光る原石がごろごろしているのです。

本人たちも心のなかでは「輝きたい」と思っています。なにをしていいのかわからないし、世の中のこともさっぱりわからない。でも輝きたいとは思っているのです。

そして、リーダーを渇望しています。「大人なんて関係ない。自分たちで自由に生きていく」というのはポーズだけ。心のどこかで、自分を導いてくれる存在を強く求めています。現実の両親から注いでもらえなかった父性や母性、すなわち「大我の愛」を、大人になってからも欲しているのです。

私を支持してくれる人たちに二十代、三十代の人たちが多いのも、いわゆる「スピリチュアルブーム」のためだけではないように思います。うがった見方かもしれませんが、厳しくとも言うべきことはバシッと言い、明るく励ましつつ「人生の地図」を示す私に、親やリーダーの姿を見ているのではないかと思うのです。

ホウ・レン・ソウ！

私自身の社員教育に話を戻しましょう。

スピリチュアル・カウンセラーの事務所というと、みなさんはどんなイメージを描くかわかりませんが、うちの会社もパソコンやらプリンタやらコピー機が並ぶ、一般のオフィスと変わらない風景です。

壁には社訓が何枚か張られています。「挨拶、礼儀はきちんと」、「公明正大」などのなかに「陰口はカルマになる」という社訓があるのが、唯一スピリチュアリズム研究所らしいところかもしれません。

社訓のなかには「ホウ・レン・ソウ」というのもあります。ご存じのかたも多いと思いますが、「ホウ・レン・ソウ」とは組織の仕事を円滑に進める必須ポイントである、報告、連絡、相談のことです。

この心がけを一人ひとりのスタッフに徹底させるのは、なみの苦労ではありません。いまの若者たちは必要なことを言わないし、言えないからです。

必要なことをポイントをまとめて話すことも苦手です。肝心な主語がないなど、いわゆる「5W1H」のどれかが欠けがちなのです。言いたいことの全貌をつかむには、私のほうから「それってこういうこと？　それともああいうこと？」と三択、四択を用意してあげなければなりません。

叱られるのが怖くて自分のミスをひた隠す「うそつき症候群」になることもあります。知らないことを聞けないままにしていることも日常茶飯事です。そのたびに私は「なんで聞かないの？　聞くはいっときの恥、知らぬは一生の恥！」と叱らなければなりません。時には、「あなたの声帯はそんなに大事？　オペラ歌手じゃあるまいし」と、ついくどくど言ってしまいます。

言葉遣いも厳しく指導しています。たとえば、挨拶は大事だけれど、しすぎてはいけないと言っています。かえって相手に気を遣わせるからです。

「かしこまりました」という言葉も使わせません。なぜなら「かしこまる」、「かしこむ」というのは、畏敬する、恐れ入る、恐ろしく思うといった意味だからです。日常の会話に、そんな大げさな言葉が必要になることはほとんどないはずです。みんな言葉の意味を深く考えずに使っているのです。『スピリチュアル　ワーキング・ブック』などの中でも「気は遣うものではなく利かせるもの」と話していますが、言葉遣いひとつとってもそうなのです。

私は理不尽なことが大嫌いな代わり、理に適《かな》っていることはすっと受け容れる性分です。

だから大学で神道を学んでいたときは、神道の作法を学ぶ講義が大好きでした。一つひとつの作法に理に適った意味があるのを知るのが面白かったのです。作法の美しさというものは、そこに込められた知恵や、道理を愛する先人たちの心から生まれているのだなあと感じ入ったものでした。

先人の知恵や心に納得できれば、神道の作法の数々を覚えるのは容易なことでした。いったん心で理解した知識は、ちゃんと自分のものになるのです。かたちだけ覚えようとしてもなかなか身につきません。

言葉も同じで、意味をちゃんと理解していれば、間違った言葉遣いをして恥をかくことはないのです。「かしこまりました」も「承知しました」でじゅうぶんですし、そのほうが聞いていて気持ちがいいものです。

「ちゃぶ台おやじ」も楽じゃない

一日の仕事が終わると、スタッフたちと食事に行くこともよくあります。そこでも私の指導は続きます。箸の上げ下ろしもそうですし、鍋をかこむ日はスタッフが具材を入れる順番やタイミングも見過ごせません。私は生粋の「鍋奉行」なのです。

先日はこんなことがありました。お総菜が大皿に少しだけ残っていて、スタッフのひとりが「これ片づけていいですか?」と聞いてきました。「ああいいよ。残ったの全部、食べちゃいなさい」と私が言うと、彼は自分の箸をわざわざ逆さにして、自分のとり皿に移し始めたのです。

私は思わず、「ほかの人がもう食べないおかずをとるのに、なぜ箸を逆さにするんだ。もっと思考しなさい！」と説教を始めてしまいました。

本人が気を利かせたつもりなのはわかっています。でもＴＰＯをふまえて思考するくせがついていないのです。

しかしそんなときも、私たち大人はそれを嘆くだけではだめだと思います。あらゆる場面での基本を教わってこなかったかわいそうな世代なのだから、面倒でも一つひとつ指導してあげるのが大人としての責務であるはず。私はそう肝に銘じながら、日々「ちゃぶ台おやじ」になっています。

叱るのは疲れるし、エネルギーが要ります。神経もすり減ります。顔で怒って心で泣いていることもあります。だから部下を叱ったあとはいつも言います。「叱られるのはいやかもしれないけど、こっちだってものすごいエネルギーが要るんだぞ」と。

しかも、叱ったあとには必ず約束事をしなければなりません。なにしろ叱られ慣れていない世代ですから、「叱るのは愛情からだ。今後もいっぱい叱ると思うけど、絶対におまえを見捨てないからな」と言い添える必要があるのです。

私にとっては、そんなことは「言わずもがな」なのですが、学校の成績で常にランクづけされ、できが悪ければ切り捨てられるという恐怖心を抱えながら育った世代には、「どんなあなたでもいつも愛しているよ」と言葉で伝える必要があるのです。

昔のお師匠さんのように

スタッフのなかでも、いっしょにいる時間がもっとも長いのは付き人です。

昔のお師匠さんとお弟子さんのように、ほとんどの行動をともにしているので、彼にしてみればうっとうしいときもあるでしょう。しかしその分、教えたことは身になっていると思います。

私の仕事は、放送局、出版社、イベント会社などの多くの人たちとかかわるため、毎日が出会いの連続です。これはと思う人と会うたび、私は付き人に助言します。

「あの人の目の配りかたを見たかい。ものすごく気が利く人の目だよ。ああいう人を目指して、自分で自分を育てなさい」

「ほら見てみなさい。こういう状況であんなふうにするのは、はたから見ていて感じがよくないだろう。まねしちゃいけないよ」

こんなふうに、目の前の事例をもとに、人とのかかわりかた、視点のすえかたというものを教えてあげるわけです。

身なりについても、本人がどこへ出ても恥ずかしくないよう細かく助言します。「付き人クン」ではなく、敬意をこめて「付き人さん」と呼ばれるようになるには、きちんとした服装をすることも大切だと思うからです。

入社時には「スーツなど必要なものをひとそろえなさい」と言って、支度金も渡しています。必要ならかばんを貸し出すこともあります。そこまでするのも、私自身が若いときにスーツを買えなかった苦い経験あってのことです。

「外見よりも心が大事だから」と言ってどうでもいい格好をしていたら、軽く見られて損をするのが現世というところです。逆にきちんとした格好をしていれば、人から一目置かれ、それなりの扱いを受けます。

服装へのこだわりというのもしょせんは物質主義的価値観で、ほんとうは「外見より心」のほうに真実はあるのです。しかしそこはやはり「郷に入れば郷に従え」で、服装で判断される物質主義的な世の中で生きる以上、それを逆に利用するしたたかさも必要ではないかというのが私の考えです。物質主義的価値観に染まるのが正しいと言っているのではもちろんありません。「これはあくまでも物質主義的価値観」と割り切って、完全に呑まれないようにさえ気をつけていればいい。お酒と同様、物質主義的価値観も「呑んでも呑まれるな」なのです。

それに、きちんとした格好をすると、自分自身もすがすがしい気持ちになれるもの。背筋までしゃんと伸びて「さあがんばろう」という気持ちになります。この心理的効果を生かすのも、物質を利用して賢く生きるポイントだと思います。

身にならない経験はない

上司の立場にある人間が肝に銘じなければならないのは、「人は仕事をするために生まれてきたのではない」ということです。自分の部下と言えど、いまある仕事をするためだけに生まれてきたわけではありません。仕事も含む人生のさまざまな経験と感動を通じて、たましいを成長させるために生まれてきたのです。

ですから、私も含めて世の上司は、部下の人生を概観する視点に立ち、一つひとつの仕事の大局的な意味を助言してあげることが大切だと思います。そして、部下一人ひとりの資質に応じた、「人間力」を高められるような仕事のしかたを指導してあげたいものです。たとえば今度のプロジェクトにとり組ませることで、この部下のどんな面が伸びるのか。この部下がマイナス面を克服するにはどんな励ましが必要か。

そういうことを一歩引いた目で考えてあげる親心を持たないと、部下はなかなかついて来ないように思います。少なくとも心から慕ってはもらえないでしょう。表面的な仕事の成績だけで自分を判断されると、部下はどこかで反発心を覚えるようになり、本来の力を発揮できなくもなりがちです。

そもそもサラリーマンに必要なのは、社内での出世に血道を上げることではないと思うのです。給料分をしっかり働き、あとはいまの環境を上手に利用して、仕事を自分の人生の肥やしにすることが大事ではないでしょうか。

要するに会社というのは、自分の人間力を高める場なのです。たましいを磨かせてもらう場なのです。それを忘れなければ自分を見失うことはないし、退職後に空虚感からうつになることもないでしょう。

私の会社は商品を売る会社と違い、江原啓之という人間のマンパワーを唯一の資源としています。万一私が倒れでもしたら、そこで大半の業務が終わります。しかしスタッフたちは、その後もそれぞれに生きていかなくてはなりません。そんな彼らに私が贈れるものは、やはりどこでも生きていける「人間力」です。人間力を、うちにいるあいだにぜひ磨いてもらいたいと思っています。

しかし、上司の私がいくらそう願っても、自分から辞めて行ったスタッフが過去に何人かいたことも事実です。これもうちの会社に限らない話で、最近はせっかく就職できても三年以内に辞めてしまう若者がものすごく多いようです。なんでもインスタントにできあがる現代に育っているので、ひとつの会社でじっくり積み上げていくことが苦手なのかもしれません。

彼らに欠けているのは、「お金をもらいながら勉強もさせてもらっている」という視点でしょう。「アリとキリギリス」の寓話で言えばキリギリス派が圧倒的多数で、下積みの大切さがなかなかわからないのです。

でも私は、辞めたい若者は辞めていいと思っています。冷たく聞こえるかもしれませんが、その心は「かわいい子には旅をさせよ」です。彼らは会社を飛び出したはいいけれど、新天地でまた夢を砕かれ、世間の厳しさを学ぶことになるのは必至です。それもまた本人には大事なことではないでしょうか。彼らは経験と感動の数から学ぶという「愚者の道」をみずから選ぶわけで、それはそれで尊いことです。それに、「後々になってわかるはず」という思いもあるのです。実際に、辞めていったスタッフから、「研究所にいたときに大切なことを教わりました。これほどまでに指導してくれる所は他になかった」と手紙をもらうこともあります。

後悔や失敗も含め、若いときに経験したことはすべて身になるのです。

若いときに勉強したことも、なんであれ身になっているものです。自分しだいで、あますことなく人生に生かすこともできます。私にとっては、高校と大学で学んだ美術がそうです。結局私はデザイン系の仕事に就きませんでしたが、美術の知識があることは、いまの仕事にとても役立っています。編集者と本のデザインを相談するときも、公演の舞台美術の打ち合わせをするときも、どんどん湧いてくるアイディアを、専門家に専門用語で伝えられるのはとても幸いなことです。

さらに昌清之命《まさきよのみこと》によれば、私が美術を学んだことには霊的な目的もあったようです。対象をじっくり観察し、表現に集中するということが、感性を磨くと同時に精神統一の修行にもなっていたのだとか。つくづく「人生に無駄はない」と実感します。

いま必要なのは父性と母性

いまの社会にもっとも求められているのは、「育てる」心ではないかと思います。自分の子どもを育てるということに限りません。血を分けたわが子がいなくても、本章でお話ししたように、部下を育てることも同じです。また他にも、教え子を育てる、地域の子どもたちを育てるなど、広い意味での「子育て」が必要な場面はいくらでもあります。

別の角度から言うと、いまの大人に一番求められているのは「親になること」なのです。親になるとは、相手のためを思う「大我の愛」を持つこと。小我にとらわれた自分を卒業し、相手の身になって考えられる「大人のたましい」になることです。

いまの世の中全体が、父性と母性を求めているのです。家庭でも、教育の現場でも、職場においても課題は同じ。人生の先輩と後輩が親子のような関係を持つことが、どこにおいても求められています。これまでも、拙著『子どもが危ない!』などで警鐘を鳴らしてきたことですが、「世の中をよくする鍵は、社会全体が家族になること」にあるのです。

クールに見えるいまの若い子たちも、心の底では家族や「親」の愛を強く求めているのです。彼らは、物質的には恵まれ、与えられてきました。けれども、心は空っぽで、「自分は愛されなかった」と思っています。また一方では、ひたすら親のいいなりになって育ったために「フランケンシュタイン」のように無表情で、主体性を失っている子もいます。どちらも、彼らが本質に持っている〝原石の輝き〟を発揮できていない状態です。これはほんとうにもったいないこと。社会全体の損失でもあります。

ニートをはじめ、いまの子どもたちの多くが抱える問題は、単に本人や親たちの責任なのではなく、社会全体に「親ごころ」が欠けているせいだということを、私たち大人は肝に銘じなければなりません。

第十一章　病気が「けがの功名」となりました

虚弱体質だった子ども時代

一見丈夫そうに見える私も、実はいろいろと病気をしてきた人間です。

「子どものころは虚弱体質だったんですよ」

講演などでそう話すと、そんなの意外、信じられないといった、ちょっとしたどよめきが会場に起こります。でもこれはほんとうで、小学生ぐらいまで高熱や頭痛で寝込むこともしょっちゅうでした。人ごみのなかへ出かけると決まって気分が悪くなり、体調を崩していたのです。

それは生まれつきの霊媒《れいばい》体質のためでした。街を行き交う人々の低い波長や霊が私のオーラと感応したため、そのつど高熱を出して浄化させていたのです。霊的視点では、発熱というのは「自己浄霊」の方法のひとつでもあるのです。

また、子どものころはアトピー性皮膚炎もあり、症例のひとつとして、学会の研究用に写真を撮られたこともありました。

　こうした体質を克服できたのは二十歳をすぎてから。霊能の師匠であるT先生の勧めで毎日のように山へ滝行に出かけるようになってからのことです。

　滝行は二年も続けたでしょうか。夏も冬もこの厳しい修行を続けたおかげで、マイナスの現象ばかりもたらしていた私の霊媒体質はプラスに転じました。守護霊との交信がスムーズに行えるようになり、心霊現象に悩まされることも、低級霊に感応して体調を崩すこともなくなりました。アトピーもいつのまにかよくなっていました。

　そういう生い立ちがあるため、私には病気の人の気持ちがよくわかります。

　大人になってからも、手術を要する病気を二度患いました。

　三十歳のときには胆石を摘出する手術を受けました。当時は年間千件以上のカウンセリングをこなし、初めての著作の原稿を書き、イギリスにもたびたび渡り、私生活では初めての育児に追われていました。いくつもの要因が重なっての発病だったにせよ、とりわけ過労は大きな原因だったでしょう。

　スピリチュアリズム研究所を立ち上げて以来がむしゃらに働いていましたから、胆石で入院したときは、病気の苦しみよりも久しぶりにゆっくり休めることへの感謝をかみしめました。霊的世界は、このとき私に病気という学びを課すと同時に、これから進むべき道を内観するための静かな時間を与えてくれたのだと思います。

　私が開腹手術を受けたという事実は、カウンセリングの仕事にも役立ちました。スピリチュアルな世界に傾倒する人には、大病にかかっても自分の身体にメスを入れられるのをいやがる人がとても多いのです。そういう相談者が開腹手術を要する容態であったとき、私は自分のおなかに傷があることを打ち明け、「私がこうして元気に仕事しているのは手術を受けたから。この傷にも感謝しているんですよ」と話したものです。それで手術を受ける決意をした相談者もいました。

意外に思われるかもしれませんが、私は精神世界を信奉する人に多い「西洋医学否定派」ではないのです。たしかにいまの西洋医学のありかたには問題もたくさんあるでしょう。しかし西洋医学を発展させてきたのも人類です。人類が作ったカルマは人類全員が甘んじて受けるというのが「カルマの法則」です。

進んだ医療を受けられる時代や国に生まれ、しかもいま自分の身体が開腹手術を必要としている人が、いたずらにそれを避けて寿命を縮めるのは間違いなのです。その人は手術を受けて生き延び、まだまだこの世の学びを続ける必要があるのです。

病気も治療もすべては学び。「人生に無駄はない」のです。

病気はたましいの課題

さまざまな著書に書いているように、霊的視点で見れば病気には三つの種類があります。ひとつが「肉体の病」、ふたつめが「幽体の病」、三つめが「霊体の病」です。

「肉体の病」は、無理を重ねたり生活が乱れたりした結果として起こる病です。過労で体調を崩して寝込むのがその典型です。

この種の病は、ゆっくり静養して肉体を休めることによって快復します。肉体を休めるための病だとも言えるでしょう。

霊的視点で見れば、肉体はこの世の一生涯のために与えられる着ぐるみのようなものです。せいぜいもって百年あまりですから、永遠の生命をもつたましいに比べれば儚《はかな》いしろものです。それでもこの物質界で生きるあいだは、物質である肉体が不可欠なのです。そのメンテナンスを怠り酷使ばかりしていると、「ちょっとここらへんで休みなさい」という意味をこめての「肉体の病」を得るのです。

「幽体の病」は、本人の性格にある思いぐせに起因する病です。そのため「思いぐせの病」とも呼べますし、「魂の病」、「運命の病」とも言っています。

幽体というのは現在のその人の精神状態を反映します。精神、つまり心のありかたに歪みがあると幽体は病み、肉体にも影響が及んで病気になるのです。

この類の病は「ネガティブな思いぐせを自覚し、努力して改め、よりバランスのとれた人間に成長しましょう」という自分自身のたましいからのメッセージです。慢性的なものに多く見られ、致命的な病になることはほとんどありません。

思いぐせと「幽体の病」の現れかたには一定の関係があるようです。

たとえば不平不満を抱きやすい人は、胃を病むことがよくあります。目の前の現実が「腑《ふ》に落ちない」から、食べものも消化しにくくなるのです。

頑固な人は耳を病むことがよくあります。耳を病むと、人の話に注意深く耳を傾けることの大切さがわかります。その気づきを病が与えてくれるのです。

皮膚の疾患は、世の中に適応できないときに起こりやすいようです。現世が「肌に合わない」のです。近年アトピー性皮膚炎になる子どもが多いという事実は、あの世から来たばかりの純粋なたましいにとって、この世がいかに住みにくいところかを物語っているように思います。

より詳しくは『スピリチュアル セルフ・ヒーリング』（三笠書房）や『苦難の乗り越え方』に書いています。もちろん、すべてのケースがこれらの解釈にあてはまるわけではありませんし、医学的な見地からではなく、あくまでスピリチュアルに見たとらえ方です。ただ、私自身が多くの人たちをカウンセリングするなかでみてきた傾向ですから、目安のひとつにはなるでしょう。

しかし、こうした一般的傾向よりも大切なのは、自分自身で「なぜその病気になったのか」をじっくり内観することです。自分はどういう性格か。なにを気に病み、なにに腹を立てやすいか。最近どんな思いですごしていたか。どんなトラブルをくり返しているか。あらゆるところにヒントがあります。

内観によって気づきを得、思いぐせを改める努力をするうちに、「幽体の病」が改善や治癒をみることは珍しくありません。本人に気づかせることが症状の目的だったわけですから、目的が果たされればもう必要なくなるのです。後述するスピリチュアル・ヒーリングが有効なのも、この「幽体の病」です。

三つめの「霊体の病」は、本人の人生のカリキュラムにかかわるものです。「霊の病」、「宿命の病」と呼ぶこともあります。

まず生まれつきの先天的な疾患がこれにあたります。人生の途中で得た、その後の人生を大きく変えるような病やけがも「宿命の病」です。

「宿命の病」はなかなか治癒しないものです。病とともに生きるということが、その人がチャレンジする人生の課題だからです。ですから肉体のうえでの完治よりも、精神面での克服に思いを向けたいもの。病とつき合いながら前向きに生きていく勇気を持てたとき、その人は「霊体の病」をプラスに生かせたことになるのです。

寿命にかかわる病気も「霊体の病」にあたります。病気で亡くなる人が最後にかかった病は、みな「霊体の病」です。

胆石と声帯ポリープが教えてくれたこと

「肉体の病」と「幽体の病」はしばしば連鎖して起きることがあります。なぜなら、過労ひとつとっても、それほどまでに働いてしまうという一種の思いぐせがそこにあるからです。

私自身が三十歳のときに病んだ胆石も、過労が原因の「肉体の病」であったと同時に、怒りとストレスという思いぐせによる「幽体の病」でもあったようです。

第六章に書いたように、カウンセリングだけの毎日は、私にとって苦行でした。霊的真理を伝えたいという願いとは裏腹に、現実は物質主義的価値観にとらわれた相談ばかり。しかも太陽が昇っている時間帯はまったく外に出られない生活でした。

肝臓は東洋医学でも「怒りの臓器」とされています。怒ってばかりいると肝臓を病むこともあるのです。肝臓と深い関係がある胆のうも同様で、ストレスの蓄積も響きやすいところです。胆のうに石がたくさんできたということは、私のなかに悶々とした怒りとストレスがたまっていた証拠なのです。

病に倒れて急きょ入院となったとき、先々までカウンセリングの予約を入れていた人たちには、心苦しくもこちらからキャンセルの連絡をしなければなりませんでした。電話口で丁重に事実を説明させていただいたスタッフは、「ずっと待っていたのに！」というクレームを何度も浴びせられたようです。

人間の身勝手さに、私は病床にいてさえ気づかされたのでした。

二度めの入院は、三十代の半ばに声帯ポリープを患ったときでした。

声というのは人間のからだが出す音です。「音《ね》」は「根」に通じます。その声のもとが病むということは、根が枯れるほどの疲弊を表している場合があります。このときの私も、過労のために生命力が根こそぎ枯れかかっていたのかもしれません。

声帯ポリープを患ったことは、私をひどく落ち込ませました。なぜならまさにその時期、音楽大学の社会人コースを受験しようとしていたからです。

子どものころから歌が好きで、孤独な時期も歌に励まされてきました。十八歳で声楽を志し、プロの先生の門を叩いたときは、第一章に書いたように「お金も才能のうちですよ」と言われてあきらめた経緯があります。

ところが思いがけず、三十をすぎてからK先生というすばらしい恩師に出会い、歌への情熱をよみがえらせることができました。先生は親身になって私を指導し、音楽大学の社会人コースの受験まで勧めてくれました。捨てたはずの夢を再び胸に、受験勉強に励みました。

その矢先の発病だったのです。受験は見送らざるを得ませんでした。

病気がくれたプレゼント

音大の社会人コースの受験を見送ったことですっかり落胆し、病院のベッドで私は自問自答しました。

「やっぱり歌なんて向いていないのか?」

「歌の道がやっと開けたように思えたのは、ただの思いこみだったのか?」

それは愚痴に近いものでした。そこへ、指導霊の昌清之命《まさきよのみこと》からのメッセージが聴こえてきました。

「できることはできる。できないことはできない」――。

久しぶりのメッセージは、またしても禅問答のようでした。これでは「できる」のか「できない」のかわかりません。しかし、この言葉によって私は気をとり直すことができました。どちらに解釈するのかは私しだいというわけだから、「じゃあできるんだ、やってみよう」と思ったのです。

快復するとすぐに、K先生のもとでレッスンを再開。翌年の試験には念願の合格を果たしました。

入学後、私は驚きの事実を知りました。指導を仰ぐことになった教授は、その春によそから転任してきたばかりの、まさに私が学びたかったイタリアものが専門の先生だったのです。しかもK先生とも非常に親しい人でした。

もし病を得ずにその前年に入学できていたら、この教授から教わることはなかったのです。その場合につくはずだった教授の専門は、私の目指す世界ではありませんでした。声楽というのは、指導を仰ぐ先生によってその後の人生が大きく変わると言われます。入学が一年遅れたことは、むしろ幸いなことだったのです。

私がよく語る言葉に次のようなものがあります。

「思いどおりにならないときも決して焦ってはいけません。なにごとにも、もっとも適切なタイミングがあるのです」

「いま叶わないことには必ず理由があり、それはあとからわかるものです。理由がわかったとき、あなたは待たされてよかったと思うことでしょう」

「誰にでもチャンスはめぐってきます。それを信じて待ちながら、いつチャンスが来ても受けて立てるよう、実力をたくわえておくことが大切です」

これらは『幸運を引きよせるスピリチュアル・ブック』などの著書に記していますが、すべて自らの経験と感動から生まれた言葉なのです。

昌清之命の言葉の深さも、あとからじんわりしみてきました。受験を目指した一年めは「できないことはできない」時期、でも二年めには「できることはできる」時期だったというわけです。できるときにはできるのだから、できないときに焦ったり、ごり押ししたり、ましてそこで落胆してあきらめたりすることはない。そういう意味をこめたメッセージだったのでしょう。

現在の私は、スピリチュアル・カウンセラー二十周年を迎え、再び大きな転機にいるのを感じています。

数年前からすでに、次の課題にとり組むべきときが来ているとは思っていました。ところが現実は、あいかわらず過密スケジュールに追われるばかりで、なかなかそちらへ向かっていけませんでした。

そんなあるとき、私は原因不明の高熱に倒れ、入院を余儀なくされました。ほんの数日間の入院だったものの、そのあいだに予定されていた相当な数の約束をキャンセルしなければなりませんでした。キャンセルが響いて立ち消えになったプロジェクトもありました。

しかしこの入院も「けがの功名」となりました。

私はもうかれこれ十年近く、メディアへの出演や本の執筆、講演および公演とその準備に追われ、「ちょっと休ませてください」とも言えないという、まるで全自動洗濯機に放り込まれたような月日を送っていました。

ところが予期せぬ入院のおかげで、これから進むべき道を改めて内観する時間ができたのです。ありがたいことでした。いまでもあの高熱は、軌道修正のために霊的世界がくれたプレゼントだったと思っています。

スピリチュアル・ヒーラーの役割

スピリチュアリズムのなかに、「スピリチュアル・ヒーリング」というものがあります。病気を単なる肉体の不調と見なさず、たましいからのメッセージとして受けとめ、癒していくというものです。

いま、巷《ちまた》ではさまざまなヒーリングが流行っています。古くからの自然療法も、身体にやさしい代替療法として見直されています。しかし、もしそれらを施すヒーラーが肉体の症状しか見ず、その治癒だけを目指すのだったら、西洋医学と同じ対症療法にすぎなくなるでしょう。

もちろん病気はつらいし、なんとかしたいと思うのが人の常《つね》です。しかし霊的視点では、そこにあるメッセージに気づき、たましいが成長することがなによりも大事なのです。対症療法により一時的に症状を抑えられても、たましいが変わっていなければ、また同じか別の病気になることもあるのですから。

スピリチュアル・ヒーリングはそうした対症療法的なヒーリングとは一線を画しています。その施術の実際については別の機会に書きたいと思っているのでここでは概要だけにふれることにします。

スピリチュアル・ヒーリングの第一の目的は、肉体の症状ではなく、たましいの歪みを癒すことです。そして、患者の病気を治すことよりも、なぜその病気にかかったかという理由や、症状が送るメッセージに気づかせることのほうが大事なのです。それができたときに、とりわけ「幽体の病」の場合には症状が改善することもありますが、それはあくまでも結果であり目的ではありません。また、言うまでもありませんが、病のある人が不幸ということではありません。肉体に現れる病だけでなく、人生に起こる問題や悩みもまた、たましいの歪みを表します。病も他の悩みも、その人のたましいの学びの段階に応じて与えられているカリキュラムにすぎません。それらを通して自らと向き合うことが大切であり、未熟さを直すことこそがほんとうのヒーリングなのです。

スピリチュアル・ヒーラー（以下ヒーラー）が気づきに寄り添うことで、その人の生きかたが変わったとき、そのスピリチュアル・ヒーリングは成功したと言えます。

逆に、仮に病気がよくなったとしても、患者のたましいがなにも変わっていなければ、成功したとは言えません。むしろ患者のたましいが気づきを得て成長するチャンスに蓋をしてしまったことになりかねないのです。

そこをヒーラー、患者ともに理解することが、物質主義的価値観を基本とする現世でスピリチュアル・ヒーリングを行うことの難しさかもしれません。

スピリチュアル・ヒーリングは、私が行っているスピリチュアル・カウンセリングと根本において同じです。先述したように、ヒーラーが扱う病気と、スピリチュアル・カウンセラー（以下カウンセラー）が扱う人生上の悩みやトラブルというのは、どちらも本人のたましいの歪みに起因している場合が多い点で、同じものなのです。

病気も、人生上の悩みやトラブルも、意味もなくふりかかってくる災難ではありません。必ずそうなったカルマと波長があってのことです。本人がそこから学びを得て、自分のたましいの歪みに気づき、克服するよう努めることが一番大事ですし、完全に克服できたときには病気やトラブルはもはや不要になり、解消していくものです。

もっとも現実はそう簡単ではありません。人のたましいの歪みというのはなかなか頑固なものだからです。また「霊体の病」のように、完全に治癒しないところに霊的な目的がある病もあります。それでも患者や相談者が、たましいの成長に心を向けていけるよう寄り添うのが、ヒーラーやカウンセラーの役目だと思います。

病気もトラブルも成長のチャンスです。人は弱い生きもので、自分にとって不都合なことをすべて災いとして片づけようとします。そうではなく、感謝すべき恵みなのだと伝えることが、ヒーラーやカウンセラーに求められる本来の役割だと思います。

私の毎日の心がけ

私自身が日々、肉体やたましいの健康のために心がけていることがふたつあります。ひとつは入浴、もうひとつは自分ひとりの時間をもつことです。

私は、この世からお風呂がなくなったら生きていけないというほどのお風呂好きです。日本に生まれてよかったとつくづく思います。ホテルを選ぶ基準もお風呂。家を建てたときに一番こだわったのもお風呂でした。

どんなに忙しいときも朝と夜の一日二回、必ず入浴しています。一回につき三十分は入ります。仕事で地方に泊るときも、そのための時間は死守しています。

分刻みのスケジュールで生きている私が、これだけの時間を入浴に割いているところにも、私がいかに入浴を重視しているかが表れていると思います。いい入浴は睡眠の質をも高め、おかげで翌朝はすっきり目覚められます。

入浴中はひたすらリラックスします。一日をふり返ったり、明日のことを考えたりはしません。意識するのは「毛穴を開く」ということだけ。これは、「入浴法」として『スピリチュアル プチお祓いブック』（マガジンハウス）などに書いている方法ですが、ぬるめの湯にじっくりつかると、全身の毛穴が開き、汗とともに古く汚れたエクトプラズム（目には見えない生体エネルギー）が出ていくのです。その感覚がなんとも気持ちいいのです。

お風呂では最後に低温のシャワーを浴びます。毛穴を引きしめるためと、のぼせをとるためです。夏なら水で大丈夫です。

お風呂のあとは自分ひとりの時間をすごします。

私はもともとひとりでいるのが好きだし、家ですごすのも大好きです。だからこの時間がもっともくつろげるリラクゼーションタイムなのです。

私に限らず、ひとりの時間というのは誰にとっても欠かせないものではないでしょうか。家族が寝静まった家のなかで音楽を聴いたり、オペラなどのＤＶＤを見たりしていると、ある種、瞑想に似た境地にもなれます。

自分のステージや出演番組の録画もくり返し見ます。妻には「ナルシスト？」とからかわれますが、自分が出たものを客観的な目で見て反省しておかないと、次がよくならないと考えているのです。見ているうちに、次はこうしようというアイディアも浮かんできます。

一日の終わりには、私のサポーターズクラブのウェブサイトに載せる「ほぼ日記」を書いてから床に就きます。睡眠時間は、忙しいときは三時間、平均しても五時間ぐらいで、五時間に満たないと翌日はあまり調子が出ません。六時間眠れたら翌日は快調です。

毎日のこうした心身のメンテナンスのほかに、休日もできるだけ確保するように努めています。実際にはなかなか叶いませんが、油断しているとかなり先まで仕事の予定が入ってしまうので、スケジュール表の何か月も先のページに休日を忘れずに書き込んでおきます。

こういう心がけを忘れないのも、何度も過労で倒れたからかもしれません。やはり「人生に無駄はない」のです。

第十二章　これからが本番です

二十年めの展望

スピリチュアル・カウンセラー二十周年を迎えようとしているいま、私のなかには今後についてのさまざまなビジョンがあります。

まず大前提として、仕事のペースを全体的に落とさなければならないと思っています。いままでのようなペースで続けるのには、正直なところ限界を感じています。そろそろ充電が必要なのです。

なにしろここ十年近く、アウトプットばかりしていて、インプットの時間をほとんど持てませんでした。研究したいテーマもたまっていますし、会って話を聞きたい人もたくさんいます。読書ももっとしたいし、大好きな映画やオペラも観に行きたいです。これからはもっと落ち着いて自分を充実させる時間を持つつもりです。

ただ、本の出版と講演は、これからも変わらずに大切にしていきたい仕事です。このふたつは、私の直接の言霊《ことたま》を届けることができる場だからです。

本については、これまではずいぶん速いペースで出してきましたが、今後はもっと一冊一冊にじっくり時間をかけるつもりです。講演も、いままで一度も行っていない地域を含め、できるだけ各地の会場に赴きたいと思っています。

ではなにを休むつもりかというと、「スピリチュアル・ヴォイス」のような公演ツアーです。「スピリチュアル・ヴォイス」は、トークと歌と公開カウンセリングという三本立てのステージで、毎年、全国各地をおよそ数か月かけてまわっていました。大勢のすばらしいスタッフたちと心をひとつにし、舞台美術や演出にも力の入ったステージを実現させてきました。

体力的にも時間的にも大変でしたが、「真・善・美」のなかで内観にひたれるひとときをみなさんに提供したいという一心で続けてきました。

公演のステージに立つとき、私は会場をひとつの家族のように思っていました。この世の中にはひとりぼっちで生きている孤独な人がたくさんいます。私自身、ものすごく孤独な時期があったので、その寂しさは骨身にしみています。そんな人たちに、家族といるようなあたたかいひとときをすごしていただくのも「スピリチュアル・ヴォイス」の大きな目的でした。

ホール全体を、人間のたましいのふるさとであるスピリチュアル・ワールドに見立てる設定にしていたのも、この公演の特徴でした。ふるさとなので開演時に「お帰りなさい」、終演時に「行ってらっしゃい」と、言うのも恒例でした。「お帰りなさい」は、「ふるさとの家に帰ってきたように、くつろいだ気分でステージを楽しんでくださいね」という気持ち。「行ってらっしゃい」は「この会場を出たらまたこの世という舞台に戻ってがんばりましょう」という気持ちをこめての言葉でした。

その「スピリチュアル・ヴォイス」を、悩みに悩んだ末にお休みすることに決めたのは、私としても断腸の思いです。ただ、これはすべての活動に幕を引くということではありません。人からは、「歌うこともやめてしまうのですか」と聞かれたりすることもありますが、そうではありません。私自身にとっても「スピリチュアル・ヴォイス」のステージは懐かしいふるさとであり、大切な公演です。しかし公演を行うには一年の四分の一程を準備に費やす必要があるのです。ですから、そうした大がかりな公演は残念ですが、諦めざるを得ないのが現状です。けれども、「またいつかは……」という思いもあります。

もうひとつ、減らしていこうと思っているのはテレビの仕事です。

テレビ番組のなかで、スピリチュアルな視点から人生相談を行ったり、霊視などのデモンストレーションをさせていただいたおかげで、霊的なことに関心を持つ人はずいぶん増えました。信じない人も多いけれど、日本じゅうを巻き込んで賛否両方からの論議が起こっていること自体、画期的なことではないでしょうか。その意味で、私の当初の目的はだいぶ果たされたと思っています。テレビの世界で私の意図を正しく伝えるのは、ときとして骨の折れることでしたが、苦労して続けてきてよかったと思っています。このように、活動の形は少しずつ変わっていくかもしれませんが、「伝えたい」思いは変わりません。むしろ、これまで以上により効率的に中身の濃い内容を伝えたいと思ってもいますし、まだまだ手をつけていないことも多いのです。私は「今の自分」に満足しない性分です。つねに前に進み、金字塔を打ち立てていきたい。そう思っています。

後進を育てたい

これから本腰を入れていきたい仕事のひとつに、まず、スピリチュアル・カウンセラーやスピリチュアル・ヒーラーの養成があります。つまり「後進の育成」ということで、これに関してはすでに少しずつ始めています。

私の究極の理想は「霊能力者撲滅」であると、何度も書いてきました。要するにスピリチュアル・カウンセリングやスピリチュアル・ヒーリングなどなくても、一人ひとりが霊的真理に目覚め、その「人生の地図」にしたがって自立して生きていければ一番いいのです。しかし現実は、この理想からはまだほど遠いでしょう。

いまの世の中には、霊的真理をしっかり理解したスピリチュアル・カウンセラーが山ほど必要だと考えています。みんなが人生の迷子になってしまっているからです。いまの日本人には目に見えないものに対する敬《うやま》いがなく、共通の価値観があるとしたら物質主義的価値観でしかありません。あの世をも視野に入れた永遠不変の真理を心に持っていないから、みんながが不安で、みんなが幼く、小我《しょうが》をむき出しにして生きているのです。

そんな人生の迷子たちを導くカウンセラーが、物質主義的価値観をさらに助長するような人物だったら大変です。霊的価値観にもとづく哲学的体系をしっかり持ち、「大我《たいが》の愛」で人を導ける人格者でなければならないのです。

スピリチュアル・カウンセラーがたくさん必要だと言うと、「でも霊能力を持つ人なんてそんなにいないのでは？」と言いたくなる人も多いでしょう。けれども私は思うのです。いま書いたような条件をそなえていれば、霊能力の有無にかかわらずスピリチュアル・カウンセリングは可能ではないかと。たとえば、

「そのトラブルは、あなた自身の依存心という低い波長が呼んだのですよ」

「あなたが恋人を打算で選んだから、そのカルマであなたも利用されたのでは？」

「それはあなたの宿命ではなく運命ですから、努力しだいで変えていけますよ」

という具合に、霊的真理「八つの法則」を完全に自分のものにできていれば、大多数の相談に答えられるはずだと思うのです。現に私が受けてきた相談にも、霊視以前に原因が明らかなものはたくさんありました。

そういうカウンセラーやヒーラーを今後育てていきたいという気持ちがあります。具体的にいえば、今後はセラピストを養成したいとも思っているのです。

ただ、現在のところはまだひとりも弟子と呼べるカウンセラーもヒーラーもいないことを、ここに明記させていただきます。

最近は「江原啓之の弟子」と名乗って商売をしている人物が日本各地、さらには外国にもいるそうです。講演を聞いただけなのに「弟子」と名乗る人もいるそうですし、過去に少しかかわりがあっただけで「弟子」といって活動している人もいると聞きます。霊能力者の中には、私の活動を批判しながら、肩書から活動内容まで、やることなすこと全て表面的にだけ真似ている人もいます。そうした現状には苦笑せざるを得ません。なかには江原啓之の師匠や姉、親友を名乗る人物までいると聞きます（ちなみに姉はごく普通の主婦をしており、家庭に入っています）。みなさん、くれぐれもご注意ください。

スピリチュアリズムを福祉に生かしたい

ふたつめに私が目指しているのは、福祉の世界です。福祉の世界、とりわけ「ターミナルケア」、「緩和ケア」といった分野にスピリチュアリズムを生かす道を作りたいと思っています。

ターミナルケアは終末医療とも言い、回復の見込みのない末期の患者さんたちに施す、肉体的、精神的苦痛の緩和を目的とした医療のことです。緩和ケアという言葉もこれと似ていますが、こちらは、がんなどの診断を受けた患者に、末期になってからではなく、より早期から心身のケアを行おうというニュアンスがあるようです。

私は「たましいは永遠である」というスピリチュアリズムの立場から、こうした分野にとり組みたいのです。

具体的には、まず患者さんたちに、霊的視点からの「デス・エデュケーション（死の準備教育）」をしたいのです。死は怖いことでもないし無に帰すことでもない、懐かしいふるさとへの里帰りだということを知って安堵していただきたいのです。そして最後の一日、最後の一秒までいのちを輝かせて生きてほしい。

患者本人だけでなく、患者の家族や遺族に対する「グリーフ（悲嘆）ケア」も行いたいと思っています。彼らの悲しみや喪失感を癒し、大切な人亡きあとの再出発を支えたいのです。

実は、私が出演しているフジテレビの特番「天国からの手紙」は、遺族へのグリーフケアのデモンストレーションも目的のひとつです。

いずれ自分でホスピスをやりたいという構想も以前からあります。ただしいまは、いまの自分に求められていることをするのが先決だと思っています。マスメディアやステージ活動を通じて発信し、一方でコンサートの収益金を福祉関係のＮＰＯ法人、自然災害の被災地などに寄付することが、私にいまできる最良にして最大のボランティアの方法だと考えているのです。

そのあいだにも、ホスピスに関する勉強は、自分なりに進めています。

勉強しながらわかったのは、ホスピスの世界で現在使われている「スピリチュアルケア」、「スピリチュアルペイン」といった言葉は、どうも定義があいまいなようだということです。「科学的」であることを旨としているいまの医学界では、霊的世界を認めるわけにはいかないのでしょう。そのため「スピリチュアル」という言葉も、どこか半端な使われかたをされている感があります。

また、いま行われている緩和ケアでは「傾聴」ということが最重要視されているようなのですが、正直なところ私はこれにも疑問を感じています。

傾聴とは、患者さんが話すことをひたすら聴いてはオウム返ししていく手法で、聴く人は自分の主観をまじえてはならないようです。たとえば、

「私はどうしてこんな病気になったんでしょう」、「どうしてでしょうね」。

「これまでの生きかたの結果でしょうか」、「そうかもしれませんね」。

こういったやりとりで、本人の内観を助け、やがて自分なりに答えを出すのを待つのだそうです。

しかし、患者さんの心は、それによって癒されるのでしょうか。少なくとも私が患者なら満足しません。

末期の患者さんは真剣に答えを求めているのです。生きるとはなにか、死んでいくとはどういうことか、そもそも人生とはなんなのか。そういう根源的な問題を一度も考えずに生きてきた人も、自分の死を間近に感じると、おそらくひとりの例外もなく「いのち」ということを意識するはずです。

そういう本人の心からの叫びを、ただ聴くだけでいいのでしょうか。「私はこう思いますよ」という助言を、こちらからも真剣に返すべきだと私は思うのです。

理解ある医師たちとの出会い

ホスピスについて勉強中の私に、幸せな出会いがありました。すばらしい志を持ち、私の立場も理解してくださる、あるホスピス医との出会いです。私の本に共感したという先生からの手紙をきっかけに始まった交流でした。先生の推薦で、私はホスピス関係者のシンポジウムでお話しさせていただくこともできました。この先生からは、看取りの現場で実感されたことを色々と教わりました。臨床医の先生の言葉はやはり経験に根ざしているだけにとても重く、さまざまな気づきを得ることができました。

また、『KO・NO・YO』（新潮社）の対談で、統合医療という新しいかたちの医療に取り組んでおられる先生とも出会いました。この先生は、患者さんに「私はどうして死なきゃいけないんでしょう」と尋ねられると、「人はみな死ぬんですよ。私もいずれ死にます」と率直に答えるそうです。私はこの姿勢に賛成です。もうすぐ死ぬという究極の状況にある患者さんは、中途半端な慰めより、率直な言葉のほうにむしろ癒されると思うからです。

患者さんの苦痛をとり除くためならどんなことでもするというのも、この先生の信条です。現代医学からは「非科学的」という理由で見向きもされない各種ヒーリングやホメオパシーなども、患者さん自身が楽になるのであれば積極的に採用するのだそうです。現代医学の理論や医師としての自分の権威よりも、「患者が第一」というのがこの先生の基本姿勢なのです。スピリチュアルな世界を尊重しているというその先生は、「江原さんが有名になったことがとてもありがたい」と話してくれました。おかげで患者さんとの共通言語ができたと言うのです。先生の患者さんのなかには、私の著書やテレビ番組がきっかけで霊的価値観に目覚め、その視点で自分の病気や死を前向きにとらえようとしている人が少なからずいるそうです。そういう患者さんに、先生が「私もそう信じていますよ」と言うことが、患者と医師という立場を超えた、人間同士としての信頼関係をより強固にしているそうなのです。

また、ある精神科医の先生からは、患者さんが見ているものが霊的現象によるものか、単なる妄想なのかを見極めに来てほしいと依頼されたこともあります。

しかしこのような理解ある先生方はまだまだ例外的な存在で、現代医学の「科学的」発想で生きている大多数の先生たちに霊的価値観を受け容れてもらうことは決して容易なことではなさそうです。緩和ケアについて私が提言したくても、それこそ共通言語がない状態です。

現在まさにその無理解の壁にぶつかっているのですが、私は自分の信念に間違いがないことを確かめながら、一歩一歩進んでいくつもりです。

医療従事者に発信したい

もうひとつ、私が望んでいることは、医療従事者への発信です。

医療の現場というのはほんとうに大変です。医師も看護師も絶対数が不足していますから、いま現場にいる人たちはかなりの激務を強いられていますし、医療の世界が抱えるさまざまな矛盾に、精神的にも苦悩しています。彼らは肉体的にも精神的にもバーンアウトしかけているのです。

なぜわかるかというと、私のもとには、かつて大勢の医師や看護師が相談に来ていたからです。現在も私の本の読者やサポーターズクラブの会員に、医療や介護の世界で働く人がたくさんいます。また、実際に医療の現場で働く医師、看護師の方からお手紙をいただくこともあります。

みなさん、現状は厳しくとも崇高な志を失わず、患者さんと日々真摯に向き合っています。そういう人たちを私は心から応援したいのです。

医師のなかには、医師として本来あるべき心を忘れ、お金や名声が仕事の第一の目的となってしまっている人もたしかに少なくありません。しかし、心から患者さんを助けようと思って仕事にとり組んでいる医師たちも一方にはいます。そして、純粋な心を持った医師ほど、現場が抱える矛盾にひそかに苦悩しています。

医師以上に、医療現場で日々奮闘しているのが看護師、看護助士です。看護という仕事は、大きな愛と崇高な思いがなければ、きつすぎてとても続けていけないでしょう。介護士も同じです。ただお金を稼ごうといった動機でこの仕事に就いている人はいないはずです。

看護に従事する人は、現状では大半が女性です。結婚して家庭の主婦や母親としての役割も持つようになると、毎日がよけいにハードになります。夜勤もあるなかでの家事と仕事の両立は、なみの努力ではできないでしょう。子どもが生まれれば勤務中の預け先にも困ります。結局は限界を感じ、三十代そこそこで現場を去っていく人が少なくないようです。

しかし看護師さんたちがいなければ、医療の現場は成り立ちません。せっかく看護というすばらしい仕事を選んだ方たちが、どうすれば喜びを持って仕事を続けていけるのか。どうすればバーンアウトせず、自分の仕事に誇りを持ち続けられるのか。

これには待遇面の改善など、現実的な対処ももちろん検討すべきでしょう。それとともに必要なのは、「人生の地図」を持って生きることではないかと思います。だから私は、彼女たちに「人生の地図」、すなわち霊的真理を手渡したいと願っているのです。

自分が幸せでないと人を幸せにできない

あらゆる仕事の基本には、「人を幸せにする」という目的があるべきだと私は思っています。そしてその前提として、仕事をする人自身が幸せでなければなりません。自分が不幸な思いをしているときに、人を幸せにするのはとても難しいことです。

充実した仕事をするために絶対に必要なのは、「自分自身が幸せであること」。それなのに看護師のような、人に尽くす職業に従事している人は、ときとして「自分のことよりも他人の幸せを思わなければいけない」ということを、生きる基本姿勢としがちです。しかしこうした自己犠牲的な生きかたを続けていたら、遅かれ早かれバーンアウトしてしまいます。

まずは自分自身が幸せであるべきなのです。そのためには霊的真理から見た仕事の意味を、しっかり理解することが大切だと思います。

たとえば、いつも私が言う「人は仕事をするために生まれてきたのではない。たましいを磨くために仕事がある」ということ。

そして「天職と適職は違う」ということ。自分自身にとって看護の仕事はあくまでも「適職」であることを認識しなければなりません。そうすれば、割り切るべきことに過剰に悩むこともなくなるでしょう。また、「適職」以外に自分をたましいから輝かせる「天職」を持つことの必要性を知るでしょう。

仕事のほかにも、霊的真理から見た恋愛とは何か、結婚や家庭とは何かということも理解する必要があります。さらには自分がこの世に生まれてきた理由、人生とはなにか、愛とはなにかに至るまで——。

そのうえで、あらためて看護師という職業を大事にしていきなさいと、私は伝えたいのです。「あなたの仕事は、あなたが自分を犠牲にしてまで人に尽くすためのものではありません。人のために尽くす仕事をとおしてあなた自身が輝き、幸せになることが大切なのですよ」と。

自分に見返りを求める「小我の愛」を推奨したいのではありません。そもそも「小我の愛」はほんとうの愛ではないので、なにも返ってきません。

「大我の愛」は必ず返ってきます。この世に「カルマの法則」が働いているからです。「人を幸せにしたい」という無私の心を行動に移した人は、必ず自分も幸せになれるのです。

心からの愛がなければとても続けていけない看護の仕事というのは、その意味では「大我の愛」の実践のための舞台がつねに用意されているという、すばらしい職業なのではないでしょうか。

つまり看護師という仕事は、世の中に星の数ほどある「適職」のなかでも、もっとも「天職」の要素をこめやすい仕事のひとつとは言えないでしょうか。それに気づけば、仕事に対する思いも自己犠牲などではなく感謝に変わり、「仕事を通して、よき種もまかせていただける」という喜びを感じられるようになると思うのです。

同じ仕事でも、自己犠牲的な思いでするのと感謝をもってするのでは、心の負担がまったく違ってくるはずです。バーンアウトしかけることもなくなるでしょう。

彼女たちが仕事に誇りを持ち、ほんとうの幸せを実感できるようになれば、医療の現場は必ずや変わってくると信じています。

幸いなことに私はいま、複数の看護学校から講演の依頼をいただいています。スピリチュアリズムと医療の融合は、時代の要請なのかもしれません。

願わくば、医師を対象にしたセミナーも開きたいものです。臓器移植や延命治療の是非など、スピリチュアリズムの立場からお話ししたいことはたくさんあります。医師のみなさんは「科学者」としての立場もあるせいか、個人の信条としてはスピリチュアリズムを肯定していても、なかなか公言できないようです。ですから、どこの病院の誰なのかは関係なく参加できるような形式で行えたらと思っています。

私にリタイアはありません

このように、私がとり組みたいことは、先の先まで盛りだくさんです。テレビなどの目立つ媒体からは徐々に身をひいていくかもしれませんが、むしろこれからが本番なのかもしれません。

そんな私の辞書に「リタイア」という言葉はありません。私にとってのリタイアというのは、この世に対して興味を失うことに等しいからです。私はどんなことも趣味の域を越えて仕事にしてしまう性分です。ですから、リタイアすることはまずあり得ません。

私は、江原啓之という人間が世の中から必要とされる限り、いつまでも働き続ける所存です。たとえ病床に伏すことになっても、手を使えれば本が書けます。手も使えなくなったら口述筆記してもらえばいい。とにかく現世に生きている限り、私は働きに働いて、あの世に持ち帰る経験と感動を積みたいのです。

あの世に帰ってさえ、私は大忙しかもしれません。なにしろあの世には会いたい人が山ほどいます。両親や祖母、見送った知人や相談者。もう数えきれません。

これはよく冗談で言っていることですが、私があの世に帰ったら、霊的世界を頭ごなしに否定している人たちにもひとりずつ会い、「ほらね、死後もあなたは生きているでしょう?」、

「ここが霊的世界ですよ。実在していたでしょう?」と言ってみたい。

でもそんなことをしていたら、ドリス・コリンズが飛んできて「おおエハラ、なんとおとなげない」と嘆くかもしれません。母親にも「おまえをそんな子に育てたおぼえはない。いつまでもねちねちと!」などと叱られそうです。無口な父親まで、見るに見かねて「いいかげんよしなさい」と言うかもしれません。

ちなみに私は、あの世に帰っても、守護霊になるのだけはご勘弁願いたいと思っています。なにしろ性に合いません。ときどき思うのですが、守護霊になるというのは一番つらい修行ではないでしょうか。自分が見守っている人間がとんでもない過ちを犯そうとしていても、手を出して止めることはできないし、言葉でガミガミ叱りつけることもできません。「ちゃぶ台おやじ」の私の性分では、たえず悶々として気の休まるひまもなくなりそうです。

そんな性分のたましいばかりが、私と同じ階層にたくさんいるという図も、想像するとおかしいものです。その階層で鍋パーティーなんかやったら、大混乱になること必至でしょう。鍋奉行同士、お互いを見ていられず「ああ、それじゃだめ!」、「ちょっとお玉貸して」、「白菜は芯の固いのから!」。さぞかし騒々しいに違いありません。

ともあれ現在の私は、この世にいるからこそできることを、誠心誠意、積み重ねていくだけです。「人生の地図」を持ち、つねに先の先まで見据えながら——。

波瀾万丈の半生でしたし、いまも日々奮闘中ですが、これから先はもうちょっとやそっとの逆境ではめげないでしょう。なぜなら、私自身が乗り越えてきたデコボコの「愚者の道」

が、「人生に無駄はない」ことをじゅうぶんすぎるほど教えてくれたからです。

これは、みなさんにとっても同じです。人生は山あり谷あり。泣き笑いの毎日であっても、無駄は一切ありません。そこに「人生の地図」があれば、何も恐れることはないのです。

内観こそ人生――あとがきに代えて

本書を読まれて、もうお気づきのことと思いますが、私の人生は波瀾万丈でした。

そしてスピリチュアル・カウンセラーとなってからも、いろいろなことがありました。

当然ながら、私の人生も旅ですから、経験と感動、そして、その「名所」として実にさまざまな喜怒哀楽を味わってまいりました。

未熟ゆえに、その度に一喜一憂してみたり、反省したりしてきたのです。本書で触れたそうした私の姿に、みなさんもきっと、人間臭さを感じられたことでしょう。そうです、私の人生もまさにご多分に漏れず、試行錯誤の連続なのです。

しかし、試行錯誤することが愚かしいことであるとは思いません。生きる意味を理解すれば、むしろそのほうが立派な人生であると思うのです。

なぜならば、それこそが人生を生きる醍醐味であるからです。

かといって私も、最初から醍醐味などといえるような余裕はなく、かつてはもがき苦しんだものでした。

スピリチュアリズムを理解したからこそ、そのような結論に達することができたのだと思います。しかしだからといって、スピリチュアリズム、いわゆる霊的真理を理解していても、何かしらの人生の苦難に直面した時には迷いもし、悩みもしました。恥ずかしながら私とて、そう簡単に悟りを得たような気持ちになれたわけではありませんでした。

そのような時には、私自身も霊的真理に当てはめて、「どうしてこのような問題が起きるのか?」「その理由は何か?」、また「私にどのような反省が必要なのか?」と考えぬきました。「この問題は私の成長に、どのような意義や学びがあるのか?」、「私の歩む方向性に間違いがあるのか?」などなど、一生懸命に答えを見出すために分析や努力をしてきたのです。

それを私は「内観する」というふうに言っています。内観とはこのように、己のたましいを見つめることなのです。

「この世のすべては偶然ではなく必然」と私はよく言いますが、それは人の運命は定められているという意味ではなく、「因・縁・果」といういわゆる因果律をさすもの。今生または過去世をも含めて、自分自身が何かしらの種を蒔いた結果として、現在の状況があるのです。つまり、自分自身がいかなる種を蒔いたのか、その原因を過去にさかのぼって顧みるのです。振り返ってみて、今生で種を蒔いた自覚がないときには、過去世にまで思いを馳せてみてください。過去世のことだから知る由もないと、理不尽に思うこともあるでしょう。しかし、自分自身のことをよく内観すれば、たとえ今生で種を蒔いた覚えがなくても、自分自身の気質や未熟さならばそのようなこともあろうと、得心できるものなのです。

大切なのは、何かのせいにすることではなく、自分自身の未熟さを反省する材料に置き換え、自分自身をより成長させるための、たましいの肥やしにすることなのです。そのこと自体が、悪しき種を刈り取り、よき種を蒔くことにもなるのです。

そして、大切なのは「絶対にポジティブに受け止めること」です。なぜならば、この世に起きるすべてのことはみな意味のあることであり、いたずらに不幸に陥れる出来事はないからです。すべては成長のために起こっているのです。

自分自身に乗り越えられない苦難は、起きません。霊的世界はたましいの体力に合わせて、成長を望むからです。そこに守護霊への絶対的な信頼感が必要なのです。

また、正しく内観をするためには、つねに冷静かつ客観的な視点が欠かせません。しかし、人はなかなか自分自身の本質を見ることができないもの。つい都合よく考えてしまうものです。「人の姿はよく見えるが、自分の姿は見えないもの」とも言いますが、個という肉体にたましいを宿している限り、それは仕方のないことかもしれません。しかし、努力と成長によって、たましい、心の目というのは開いていくものなのです。

私自身、これまでの人生を振り返り、わが身に起きたすべてのことが、自らの成長のためにあったのだと、いまではそう素直に思えます。そして自らに求められた成長を感ずればこそ、感謝が自然に湧いてくるのです。

人はみな人生に幸いだけを求めがちですが、もし仮に人生が楽しいことばかりなら、きっと内観することなどなくなってしまうでしょう。人生には、ときに苦難や悲しみが訪れるものです。そして、その時はじめて、自らを見つめる内観をするのが通常ではないでしょうか。自らを見つめるには、己の未熟さをも正視しなければなりません。そう考えると、実は、つまずきこそが自分にとってとても優しい存在なのだと思います。

この世の学びは「光と闇」。そうまえがきにも記しましたが、つまずくことが学びとなる一方で、喜びを感じることもまた、学びとなるということなのです。「光と闇」、このコントラストこそ、人生をより輝かせるのだと、私は私のこれまでの人生を通して実感しています。

そしていま、このような学びに満ちた人生に感謝ばかりがわき上がってきます。このように、多くの世の人と同じく、私が普通の人間であるからこそ、みなさんと寄り添い生きることができるのですから。

これからも私は、ごく普通の懸命に生きるひとりの「人生の旅人」として、私の言葉に耳を傾けてくださる人々と同じ目線で寄り添ってまいりたいと思っています。

本書は書下ろしです。

装幀　新潮社装幀室

人生《じんせい》に無駄《むだ》はない
私《わたし》のスピリチュアル・ライフ

著者／江原啓之《えはらひろゆき》

発行／2008年2月25日

発行者／佐藤隆信
発行所／株式会社新潮社
郵便番号 162-8711 東京都新宿区矢来町71
電話 編集部 (03)3266-5411／読者係 (03)3266-5111
http://www.shinchosha.co.jp

印刷所／錦明印刷株式会社
製本所／大口製本印刷株式会社

ISBN978-4-10-305752-9 C0095

日本のオーラ　天国からの視点　江原啓之

この国で起きている様々な問題から読み解く、日本人の失われたスピリチュアリティとは――仕事、お金、恋愛、結婚、教育、老い……現代人のための必読幸福論！

私の遺言　佐藤愛子

これだけは伝えなければならない。死後の世界があることを、魂は滅びないことを――。驚くべき超常現象に見舞われた著者が、疲弊した日本人に贈る渾身のメッセージ。

日本人の矜持　九人との対話　藤原正彦他

多くの読者が膝を打った『国家の品格』を踏まえ、各界の名うてと著者が語る日本の社会、教育、文化。そして改めて、誇りある日本人のあり方を問う。

貧困の光景　曽野綾子

日本人の不幸は、海外の貧困の実態を知らないこと――世界各地の、想像を絶するその光景。「新潮45」連載中から大反響を呼んだ衝撃の文明論、ついに単行本化！

戦争を知っていてよかった　曽野綾子

「現実」こそが逡巡や想像を駆逐する。アラブとユダヤ、富裕と貧困……世界各地の「現実」に注がれる作家の視点。「新潮45」好評連載エッセイ、待望の単行本化。

美しき日本の面影　さだまさし

瞼を閉じれば、今も浮かぶ顔がある。忘れえぬ光景がある。僕は知っている、この国の本来の姿を。失うわけにはいかない。こんなにも素晴らしい、日本という国を。